——谨以此书献给我的妻子

青稞抽穗

田霁春◎著

西藏人民出版社

2024年西藏自治区文艺创作扶持项目

图书在版编目(CIP)数据

青稞抽穗/ 田霁春著. --拉萨：西藏人民出版社，2024.8
ISBN 978-7-223-07641-8
Ⅰ.①青… Ⅱ.①田… Ⅲ. ①诗集－中国－当代
Ⅳ. ①1227
中国版本图书馆CIP数据核字（2024）第081590号

青稞抽穗

作　　者：田霁春
责任编辑：黄　霞
封面设计：旦真那杰
责任印制：缪　攀
出版发行：西藏人民出版社(拉萨市林廓北路20号)
印　　刷：拉萨市明鑫印刷有限公司
开　　本：787×960　1/16
印　　张：16
字　　数：200千字
版　　次：2024年6月第1版
印　　次：2024年6月第1次印刷
印　　数：01-1,000
书　　号：ISBN 978-7-223-07641-8
定　　价：42.00元

在喜马拉雅以北写作

（代序）

田霁春

三月，喜马拉雅以北。

眺望周遭漫山遍野，当春风不经意写下一笔，再大的暴风雪也席卷不走三月的绿意万点。此刻，就让诗歌携带的势能形成如瀑的激流，拍击峥嵘雪岸，那些风起云兮的诗章，都源于激情，逆势的美，这般的意境。

在我的诗集《青稞抽穗》即将出版付梓之时，写点与诗歌有关的话题，不知从何说起，反倒有点诚惶诚恐。如果说读书是我认识世界的别一扇窗，那么写诗便是我观察世界的别一只眼。把余暇的读书思考形成文字，是多年来我的坚持和习惯养成，而诗歌写作最是需要激情、热血和忧虑垫底的。其实毫不夸张地说，是西藏的风雪搅动起我赋韵诗抄的志趣，是西藏的高河滋养着我潮润的诗情，更是命运或曰苦难的张力支撑起我与诗歌周旋的那一腔勇毅。

在高原的许多年，我像一个采矿工，手握一把斧钺或一柄钝镐，不断掘进不断深耕诗歌土壤及其矿层更向深层。小说靠叙事来传递某种情感抑或精神及其人生命运的东西，诗歌仰赖于语言的纯度。

以文字的凝练而存在的诗歌，它虽没有庞大的体量，但却仍可以缔造开阔视野和复杂意境，在开合之间，完成情感上语言上的排兵布阵。诗歌，它以分行为形式，甚至没有标点，然它的思辨性，却可以照亮生命的隧道，进而定格时空的永恒。

于庸常生活而言，诗歌，就像暗夜篝火。那微弱的火苗，我试图把它比喻为一个男人右手食指和中指夹的那根点燃的烟卷，虽只那点星火，却能把一个硕大无朋的夜晚烫出一个不规则的洞窟。

无论何时也无论你走了多远，在高原的任何一个山谷，只要有树木，就会有流水，会有农牧人家、会有炊烟升起，在那里也就能发现诗歌的胚芽。村庄里的人们或耕或牧，守望四季，送走夕照迎来朝霞。他们边歌边舞，他们质朴无华，他们真诚智慧，他们创造新生活的勇气丝毫不输于别人。书写他们，就是书写泥土，书写他们，就是书写生命的嶙峋，他们和大自然相处，他们代表了天空大地的晴云态样，我愿意为此而不断尝试。

诗歌创作没有规律可循，在我，有时几天都无诗作，自觉江郎才尽。有时，久酿的多重意绪像一束辉映的光，突然打通灵感隧道，挟裹着翻江倒海的诗情，句子铺天盖地涌来，一气呵成，像焊接的一座桥、一艘船，再也无法拆散这些语言碎片的合成物。

在广袤的诗歌绿地，我不去刻意追求一种深度和哲理，尽可能让诗性的语言自然流淌，流淌出它的岛屿与滩涂。然而，当手中的笔能够跟得上思绪的时候，又觉得自己写的就不像诗了，而是另一种文本或者诗歌的外延作品。所以，诗有时执意成为一种大跨度的跳跃且自有它的泛指，但整体上写一首诗其实是在速记暴雨中的闪电，有时许是在打理一桌灵魂的快餐。在挣扎中摆脱桎梏，在纠结中找寻安宁，直白一点说，就是穷物尽相，顾其一点，不及其余。

在曙色大地之上，山川水境、草木坡坪，皆是产生诗歌乐感和画面感的土壤。好诗，会以放歌的形式张扬，也以牧歌的速率传唱，惟其如此，它才以其显赫并招引读者。

记得2019年的二、三月间，在喜马拉雅山脉以北，在奔驰的车窗外，峭立的山峦阴面，残雪未尽，寒冬仍在山坡溜达，挥之不去。瞬间，我看见有人在耕种，不远处一群羊在草地上啃食微弱的新芽，那样的画面使人心里为之一颤。不久，我写下《春天就在残雪下渐渐长成》一诗，摘自《裹着风雪的羊皮袄》一书。

诗中写道：

二月的高原，回荡着一种寂静 / 偶有凛冬残雪和早春的气息。/ 每一块岩石，都站立成生命的样态 / 每一片草色，都还原了自然的恩赐 / 雪片落地，即刻转眼成别。/ 推开二月的窗户，望得见雪山 / 还未发芽的树，枝杈间泄漏了开阔的光。/ 沟渠的水在流淌，偶有浪花泛起 / 种籽深埋，一年庄稼的腹稿 / 在土壤的黑暗里静静构思。/ 三月的高原持一份慵懒，牵来 / 一个迟到的春天。村庄做过的梦 / 从杨柳叶子上缓缓舒展开来，一夜轻摇 / 已是万缕千枝。……

诗稿中写的是人们耕种春天的力量，是渴望春天的心境，随意随性而成，未加修饰。春天，只待油菜花开，那细小的青草的亮泽，何尝不是在引领春天的风向呢？

记得2020年9月，当我完成一周采风返回日喀则市区，还剩最后八、九公里时遭遇堵车，前方出现状况，所有的车都寸步难行。

这路，一时间像河水堰塞不再流动，像庄稼停止生长。我决意让司机等候，自己下车徒步而返。蓝天白云下微风扑面而来，我沿着秋天的河堤，一会儿走在田埂上，一会儿踩着河畔大大小小的鹅卵石，满眼青稞穗于微风中曳摇，由葱郁渐渐变成金黄，若海水微漾。左肩倚着偏西的太阳光，我走了两个多小时，山沟炊烟折射出村庄的美奂，树下的牦牛懒洋洋站在那里盯着你看，嘴里不住地咀嚼着青草，万类秋色结庐高原，美在山谷一一呈现。不几日，一位在此旅行的朋友来电话说，不日离开日喀则，我去送行，地点定在年楚河大桥桥头，他由此赶赴日喀则机场，可谓行色匆匆。我献上一束哈达，算是一份致意和祝福，寒暄几句，握手挥别，车开出去很远了，我还在盯着年楚河东岸公路上那个黑点，一直到看不见。当晚， 联想到自己数十年来在西藏朝行夜寐，联想到自己西藏生活的诸多大小坎坷，万千感怀一一涌来，提笔写下《九月的送别》诗稿，一气呵成。

……九月的衰草，纵情于自然之章。/ 风，号哭晚秋的繁霜。/ 江水微凉，游子的步履略显踉跄 / 叶子在追逐，千帆浩荡。/ 漩流吞咽着月光，风把沙漠哄抢 / 山谷静寂，草雪同域。/ 剑鞘里睡着远古寒光！/ 借我远方，借我风雪茫茫 / 远方，可以饮马高河，鞭催沧浪 / 远方，可以煮雪牧羊，荡气回肠。/ 从微醉到大醉，醒来时有人劝你捉杯 / 一饮日曜，再饮天广。/ 九月的送别，马蹄踩着白露。……你来时我与你相见，捧一碗暖心的青稞酒 / 你走时我与你相拥，扯一朵白云给你系上 / 玛尼石畔，幡旗厮守着民间信仰。/ 六字真言，在转山人群的唇边曲歌悠扬。/ 远行的人儿早已走远 / 送行的目光还拉得很长。

西藏，是我开垦诗作的处女地，也是不断建构我写作坐标的地域。在西藏，我拿双脚丈量高山，我化为雪，雪将高山埋去一尺，高山又将雪抬高一寸。在西藏，诗歌就像沉沉黑夜一束火把，我愿意手握火把，守护这如常日子，惟愿这束诗歌火把灼烧我心，把生活的繁复和简约凝成诗句，以诗歌承此天命，为不断繁衍诗意的生活，为那些光辉的日子，捧上直指人心的文本。我以为，好的诗句，是从劳动者俯身的土地上生长出来的，是从自然山水中流淌出来的，是从青春勃发的青年和成年人的使命感中溢出来的，是从少年鹰隼般的豪气中冲荡而来的，是从中华民族复兴的中国梦的大交响中奔涌而来的。

有一日，我听一位画家朋友说，他常常拿来一幅幅略显名气的画作，将它临摹，临摹它的色彩构成，临摹它的运笔，它的和融，但更多是揣摩它的气韵和魂魄。在诗歌和诗评阅读中，我不崇信某个偏激观点，对于诗学的美学向度、诗学的硬度和诗歌的学养均有自己的辨识喜好。我常常回答人们的是，诗歌创作如同我们一场旷日持久的登临，登高才可放目。

在西藏，呼唤且等待诗神降临，可能常常不遇，我极喜那无边荒野阔大凸楞的舞台及其占据这舞台的恣肆风雪；我极喜倾听垭口上风暴把风暴大声朗诵；我看见乌云追赶驰马的天高地阔。

写诗的人，胸中自有大江大河，笔下抹不去时代的风月。我虽不刻意诗歌创作上技术性操作，但没有感知，没有思想，没有血液在血管里奔突，哪来惊艳佳作？我从大地荒野上提纯诗歌的魂，呼唤诗神的乍现。我想，假如，诗神在某个夜晚来到我的窗前，我愿意花光所有积蓄，聆听她的教诲，膜拜于她，顶礼般的。当我与诗神相见，纵然脚下是大海，而我没有救生圈，但我坚辞所有的岸。这一刻，哪怕脚下是悬崖，而我不具翅膀，也依然拒绝抓住那根徐徐放下的绳缆。

一场大雪从一开始就没有一个像样的开始，风雪，点缀着冬天的叙事流年。以往，我像搁浅在河岸上的残帆，后来，残帆化作泥土烘托出一棵棵小草。由于个人的努力加机会的眷顾，承蒙无数老师和朋友们的错爱，有幸出版了《在珠峰，守望中国最晚的春天》（2018 年）和《裹着风雪的羊皮袄》（2022 年）两部诗歌专集，回头看，它们属于泥泞岁月的思索和灵魂的呼喊，权且算作我在诗歌创作路上一小块奠基石。

余暇，我一直穿插在读书写作思考的互补之中，又相融一体。我总愿拿泰戈尔的名言自勉：“暮色已经重了，村子还没有到。快一点走，再快一点走。”是的，在这路遥马急的人间，我必须抓住一切可以利用的散碎光阴，不断尝试创造性的写作实践。一直以来，写作成了我生命的底色。

我以为，写诗，即使是朦胧用语，也还要追求精确用笔，你得设法让一首盘旋在空阁的诗句安全着陆，抵达诗歌语言的湿地。每当我的诗歌被某个新媒体配乐朗诵时，每当我参加一场小范围的读诗活动，这无异于一次次牧歌般的精神狂欢。写诗，要承认灵感一说，若干年前，我曾写过一篇短文《激情写作，对于生活的哲学意义》，其中对写作与灵感有一些肤浅的认知：

……

写作，是一种宁静的等待。写作，需要灵感，不承认这一点不行。灵感就像暗夜找不到路的行人，突然看见一束火光；灵感就像水管突爆时周围人们的慌乱。灵感，是钻探出大油田时的那种奔突、莽撞。灵感，是人生在不同时代，把苦难与幸福佐料不断加入汤锅，一家人围炉品尝的画面。灵感，是一场风花雪月事件。灵感，是生命的燃烧，是生命中可燃物层腾起羽般的燃烧。

……

写作的人，尤其写诗，本身就该怀揣一团火，甚至不断被烟熏火燎。一个诗作者，首先要淡漠功利心，当他对写作生涯的主观准备不足，就会跟不上作品前行的步调，它的美学野心就会大打折扣。徒有诗歌的形而无诗歌的魂，长期以往，犹如在词典的灵柩里找寻梦幻的亡灵。此种情形尚属个人亲历，绝非训诫。

在西藏，我试图登上诗歌的列车，车上坐着无数蓬勃的诗人。诗心未眠的人，如我，常常带着一份诗性的自信，冲向庸常生活，融入如诗的风景。我常常提醒自己，要去除认识僵化，要具备胆识和勇气，要讲究作品之成色，诗的语言要消肿减肥，要尽可能靠近诗核，以明朗的形式出现，有意识地将诗笔滑向更广阔的原野。一言以蔽之，就是厘清诗歌的宿命，打消等候掌声的急切。

在西藏，我常迷恋深邃夜空，感怀宇宙浩瀚无穷。在黄昏落尽夜幕四合之时，甚或午夜……聆听天外传来妙音，别一缕天籁之音。在我的读书之余，这声音若不速之客悄悄闯入。有时，这夜，它宁静的死寂，它嘈杂得似乎要爆炸般的，也且传神。有时，尤其在夜里，常常听到婴儿啼哭声、远处狗吠声，车马喧嚣，像白昼的回音。这声音，似幻觉，在耳畔有一丝真切的回荡，它常常维系着属于我独有的诗歌语汇，空灵般的……

有人说，诗歌是岁月的沉淀品甚或浓缩铀。我以为，诗歌是一种语言对根须的入侵，在反复撤换自然节候中生成。我用诗歌独有的语言，书写胸腔的歌哭，歌哭充满挑衅的诗意。我一厢情愿地以为，写诗，如同一怒拔剑，在半醒半醉的煎熬中，寻求生命的率真。

呼唤诗歌的盛兴，我们肩负着并醉心于感知人的精神之疼痛。我们力图让我们的诗句守望天云夜月，洞悉人性真纯，听命于内心，不断尝试、顿悟，写辽远、写茫然四顾也写心的浩荡，写创意的神秘和无路径的疏狂，以我们自己的孤勇。

走遍西藏，我试图以诗歌的语句唤醒一些什么，或者区分出各个不同地域之迥异，权作是对一种经历的誊写。

我写阿里，把它喻为“一道皮草般的光晕”，“从荒原找寻河流磨砺的纤弱 / 有时借酒浇的其实是，在途的梦 / 悠远的风掀开乡愁的衣襟”。

我写羌塘草原，从曙光升起的那一刻写起，“炊烟正在抬头张望 / 马背上的牧民 / 在旷野，赶着洪流一样的羊”。

关于日喀则，我写下“在白色雪塬，一群牦牛驮着黑色 / 一群羊行走在一场大雪中 / 草原仅剩巨大的空白”。作为国境线最长的日喀则，我写下：“这不是虚拟的土地 / 千里边境线，他们睁着警惕的双睛 / 而洞朗，却是一个被历史记住的山坳”。

写到拉萨，我的笔下，它是“松赞干布的城”，是“仓央嘉措的城”是“落雪成花的城”是“落花成佛的城”。或者，“安安静静的早晨，又见桑烟羽飞 / 岁序挪步，转经筒绕城三匝。”这样的拉萨是真实的有动感的，“拉萨是足迹的尽头，也是马蹄的起点。”

我把藏文化发源地的山南，比喻为一尊釉土陶罐，我写道：“山之南，一棵老树吐出新芽 / 桑耶寺，一页金汁草成微缩历史。”接着写道：“胖胖的陶罐拿它盛谷物、舀清水、煮牛乳 / 守着胖胖的陶罐——筑庄园、允食烹、论迁徙 / 怀抱胖胖的陶罐——正如怀抱新石器的斧钺 / 创造，神话，拽紧笼头连着缰绳的战马。”面对历史，句子略显冷酷，“左旋柳在月下打坐 / 切玛上插满青稞穗诠释着吉祥的真意 / 看见饥饿无力的农夫们 / 青稞幼苗就恨不得一夜长大。”

林芝的美景美不胜收，我一边写诗一边挥霍风景，“作别鲁朗林海 / 站在青苔之上看世外桃城 / 趁春光正好，漫步于桃花深丛 / 试着撞一回桃花诗韵”。

昌都，总会以康巴风情开卷，我写下“康巴汉子打开雪域之门 / 双体兽形陶罐装满了卡若遗址的文明叶片 / 横断山脉，把我的目光托举得很高 / 十万块岩石在安静地修行 / 白天在外头，黑夜在里头”。这些诗歌是对于喜马拉雅以北的抒写，礼赞和吟颂。

写诗的人，有时和苏东坡饮酒，饮到子夜，有时在雪天，能远远望见西伯利亚白桦树下站着阿赫玛托娃、茨维塔耶娃和无数群星般耀眼的诗人，而树上，悬挂着一个冰凉的月亮，当诗如泉涌，就像一艘船重新获得了大海，就像一只鹰重新拥有了天空。

你听，诗歌的列车隆隆地开过来了，滔滔生活已经在途。

黄昏之后无数颗星星不是突然打开翅膀镶嵌在那里的，人间的痛苦未曾消失殆尽，祈祷还在继续。

在一场诗歌的风暴刮过之后，那被淹没的都是微不足道的意绪，惟有那被点燃的……

2024 年 2 月 21 日于成都

目 录

◆**第一辑 被风刮过的风景**

走过羌塘 / 2

阿里，一道皮草般的光晕 / 6

拉萨，落花成佛的城 / 12

喜马拉雅的飞鹰 / 16

山之南，那一尊釉土陶罐 / 20

在林芝听林间的声声鸟鸣 / 26

昌都，以康巴风情开卷 / 29

在风雪中抵达 / 32

乘着雪花的翅膀 / 38

母亲河的发髻 / 42

徐行的马轻渡涧水 / 44

青海湖之恋 / 47

旷野 / 51

◆**第二辑 柔然的河流**

雪山下的季节河 / 54

系着雪山的河流 / 55

群峰拱卫着一个珠穆朗玛 / 56

所有乌云都会让出光明 / 57

致漂流者 / 58

万物葬于时间 / 59

一场万里而行的远嫁 / 61

水母雪莲花 / 62
那条河，是土地神的腰束 / 63
池塘 / 64
雪的墓碑还是雪 / 65
羊卓雍措的釉蓝 / 67
牦牛把草原驮在背上 / 68
把一粒一粒青稞抚养成熟 / 70
夜宿帕里镇 / 72
许愿 / 74
依附于这条柔然的河 / 75
在万象的高原，我隐姓埋名 / 76
河流之鉴 / 78
相邀去太阳系散步 / 79
那一尊镀银的雪像 / 81
热爱 / 83
怀揣寒夜，这枯瘦的沧桑 / 84
牧场曙色 / 86
渡 / 87
在水畔山丛 / 88
深耕 / 89
沙丘是大风堆砌的时间 / 90
藏毯 / 91
一棵春天的草树 / 92

◆第三辑 斯人的跪拜

有曙光植入这方净土 / 96
一粒青稞是秋天的配饰 / 97
草原以其生长把春天搭建 / 98
背水的女人 / 99

羊群朝着水草的方向 / 101
寒冬 / 102
耕种在母亲河畔 / 103
哭袁隆平 / 104
白月光 / 107
泥土翻来覆去 / 108
归鸟 / 109
空白 / 110
将向春天 / 111
树木是河流的偏旁 / 112
运帚在世界最高的城 / 113
酝酿 / 114
借 / 115
耕种山乡的人 / 116
牧草长在云朵上 / 117
秋天是富翁是藏无尽 / 118
山谷的晚妆 / 119
锦图 / 120
施工的图纸上看得见风吹草动 / 121
定结宗堡的密码 / 122
肖像 / 123
斯人的跪拜 / 124
呼愁 / 128
一场大雪压在五月的日历上 / 129
在八廓街甜茶馆 / 130
那一川黑白相间的牛羊 / 131
策马年楚河的源头（组诗） / 132

◆ 第四辑 草原的叙事

西望羌塘 / 138
将黑夜用柳条筐装满 / 140
九月的送别 / 141
今夜，藏乡的灯火将无处藏身 / 143
借我远方 / 144
我宠爱这平野的青藤 / 146
草原上只剩一幅油画 / 148
银碗里落满了月光 / 150
敢与太阳在一个轨道里厮混 / 151
河流使我这样沉思 / 152
修行 / 153
读吐蕃史 / 154
春雪圣洁 / 156
大雪染白的事物 / 157
冬天若果无雪 / 158
雪的系列作品 / 159
在婚姻的岛屿上 / 160
他们是和神握手的人 / 161
一堆篝火，黑夜里的一块补丁 / 162
一把扎念琴 / 163
青稞抽穗 / 165
日玛拉山 / 167
口述村史 / 168
河神 / 169
被酥油茶浸润的时光 / 171

◆ 第五辑 无尽的思辨

小镇，北山咖啡店 / 174

万物择境而归 / 175
朝霞被水驮起 / 176
有人面湖而座 / 177
而山，最不急于表达高度 / 178
只有死亡才能拿到参见大海的请柬 / 179
树林挤满了春风 / 180
神话 / 181
落入拉萨掌心的雪 / 182
拉鲁湿地 / 184
雪莲之恋 / 185
苍鹰 / 186
那些年 / 187
钟表拽着我们行走 / 188
窗外起风了 / 190
月亮被风吹到了天上 / 191
犒赏 / 192
云朵是蓝天更换的时装 / 193
数丢了几颗星星 / 194
一幅抽象画立于黄昏的草垛旁 / 195
河床 / 196
给予 / 197
月夜最是卸了妆的白昼 / 198
无题 / 199
但不会说多余的话 / 200
重返灯红酒绿的城 / 201
当时间走到后来 / 202
时间刚刚摔袖而去 / 203
戏剧 / 204
风筝 / 205

怀抱扎念琴 / 206
太阳血 / 207
雪后的白居寺 / 208
差异 / 209
哲古草原 / 211
呼唤 / 212
那些绢帛，织成了自己厚厚的囚衣 / 214
非虚构 / 215
姐姐你别哭 / 216
遗镐 / 217
梦也曾痉挛 / 218
从拉萨到长沙（组诗）/ 220
白莲出岫 / 222
枯萎的野花 / 223
未曾应允的回忆 / 224
谁在放火烧毁西天的晚霞？ / 226
黑夜才是流星的墓地 / 227
一帚 / 228
行至无人区 / 229
无一 / 230
在十一月 / 231
后 记 / 232

第一辑 被风刮过的风景

荒坡上蒿草随风
千百年前的宫殿，已化为几粒细沙
倒下的枯树
在如火的阳光和如刀的流风中，认真地朽腐
而传说仍在风沙里翻飞

札达土林的姿态是超现实的。
或者，对岗仁波齐做一番神学解构。
玛旁雍错，有时递给神山一面镜子
有时把沿岸残雪，卷起
让草原等候的王，在遗址里睡去
被时间折磨的风，永恒地吹着

——《阿里，一道皮草般的光晕》

走过羌塘

翻过唐古拉
一脚踩稳了羌塘大草原。

这条国道初迎晨光，车子
爬满东去西行的匆忙
炊烟正在抬头张望。马背上的牧民
在旷野，赶着洪流一样的羊

我打开车窗。九月的风吹着
一个年迈老人，如蹲在山岩老迈的鹰
正把鹰笛吹响，音律渐远渐近。
明快里藏着哽咽，盘桓的调子
若水流，伏荡出多重形样
那是高寒地带独有的歌殇。淡紫的烟絮
有的钻入云涛，像灵魂飘带在拂动
九月的风很僵硬
车子满载着老人和我，过往的忧伤

丛生的风景是藏北一道虚掩的门。

极地有大风，也有迁徙的藏羚羊
那阵势，无异于翻卷的波涛。
山岗上五色幡旗在虚度时光
镌刻了六字真言的玛尼石，昼夜
把三千行信仰翻唱？

黑河是怒江上游的一个分支，在其高岸
几顶黑帐篷，撑起牧民的日常
晨曦镀了大地一层明亮。奔流四方的水系
每一条涓涓溪流都注定是江河之源
望一眼就使人热泪长流。
风撕裂残云，草甸复现驳杂之美
啊，这一程羌塘之旅
从昆仑望向念青唐古拉山
一步步丈量险山峻水。
一场大雪给山川镀上一层莹白
每一座高峰都赫然在目。

左边夯着铁路路基，右侧雪山群列阵
车轮碾压过醉意的狂雪
拽紧幡旗，拽紧那猎猎作响的五色风袍。
车轮向远，甩开雪与尘埃
它向着巅峰，那炉火般炫目的铜黄。

我看见那些水上逆舟的鱼。
我看见高空状若深色树叶的鹰。
我看见太阳神不歇的苦旅。

牧民们踩着深雪出门
他们在雪地上盘点马匹、羊群。
他们自己就是自己深宵的星雨
铺开皮匠用芒硝熟好的牛皮
铺开草原馈赠。鹰笛声再起
泪水当然浮不起河流上叶子大小的船只
秃鹫驮走了老人渐远的笛音

头顶未见鹰翅，有影子掠过湖畔。
水面的云团洇开，间或
措那湖上，无数朵轻摇的白莲。
哦，怀揣糌粑的牧羊女露出太阳映红的
脸，和雪山无异的皓齿

旷世羌塘，纯净的沙尘
离离茸茸，牛羊候鸟
我拿什么雕凿羌塘草原上万古的蛮荒之美？
心随笔运，我拿什么抄写一行匍匐的生命？

襟袖迎风，草甸枯黄
有些风暴和鸟鸣和梦和鹰笛和生命的符码
相互角力。
在安多，但且看骏马疾蹄嘶鸣在耳
一场雨凝成半场冰雪，或滋养山峰生长
或哺育黑颈鹤、藏羚羊
挥别高天上万变夕霞
燃旺篝火，端起酒碗唱一曲藏地情歌
借问醉酒牧人
借问秘境背后的秘境
谁能辑书一一作答？

阿里，一道皮革般的光晕

我在阿里的夜空屏住呼吸，眺望，银河的潮水。
我面向宇宙的一个维度，近似于质疑
那些运行天体，可否载有星月受孕的生命？

哪一朵祥云会如期靠近我的梦？

狮泉河、象泉河、马泉河、孔雀河
这是游荡在阿里的四条水系
把岁月展开一万年
它依旧是一棵倒长的大树。它如蛇的蜿蜒
在悠悠日月里跌跌撞撞，奔流向前
激流撞击岩石，涌起璀璨的水沫
回头望一眼身后水路，她们，属于母系序列
她们，卷起河道两岸苍黄皮囊
水域中央有银色水岭，堆积
碎浪叠起的刃，血液在轰鸣

但不为风景，我乘车西行
使我炫目，并将我围困。

路遇低矮洞窟，说是先民们初始居所。
我向我的远方朋友。我向他们炫耀
这广袤大地上多少需要仰视的风景。

才觉微雨初停，犹有狂沙腾起
一道大漠长风，吹断了四千里曲折行程
前不见苍狼，后不见神山
此刻只有光与混沌
只有此刻光与混沌互补的泫然
环顾一面湖，许多年走不出万山围堰
——沿岸湖草依依。

岁月之河，布满纹理。
兄弟啊，所有的抱头痛哭都是
途程之上逼退苦难就像逼退扑来的群狼
兄弟啊，所有的仗剑西行都源于血性驱从
挣脱死亡兑现梦想的狂放

一程孤旅两鬓寒霜，大雪挂在睫毛上
银河啊，这一汪万载流淌的光的禾苗
哗哗水声，伴奏着萤火虫壮烈的叫喊
你丰饶岸畔，衬托出一个无垠的无限
是谁双手捧起了镀上金泊的哈达？

——星月的梦，丝质的云

残火明明灭灭，垂挂在藏青色幕布上
斜倾的流星雨，穿过夜空的街巷
从一种空茫，落入域外的天壤

的确，密室一般的夜空不适宜喧哗
我愿意陷入这夜的泥潭，看星光移步、眨眼
迷恋上这般空灵的、黑暗迴环

阿里，一顶远古的毡帐
总有灵魂爬向自由的光，以狂欢拒抗苦难的纷扰。
一朵将谢的花蕊，干瘦的一缕烟云
一捆柴草已风干，一地奇异的光斑

独然奔行至此，端详四面重山
正如端详象雄和古格城
排列着的青铜，这一副国王冷峻的脸。

望着一万年的旧雪，冲进夏雨
雨为药方。走过屈指可忆的车辙密稠的
依山而建的曾经的、层阶而上的物理宫殿
啊，好一个篝火燃雪的涅槃

何妨昼夜，风总是刮个不停
掀起遍野如发的枯草，掀起时间的水波。
这宽大的荒原都是它的行路
都是它掠夺过来的，臂腕里的臣民。

草木已发芽远处散开来羊群和牛马
河岸上，粘着泥土的梦总也是拖泥带水
大风背着黄沙，草叶攥紧露水
风啊，你这过路的神。
而河边的城市则像野生树林，它们疯长
那张城市交通图还沿用旧的版本
新的建筑物，像手握暂住证的外地青年
渴望融入车水马龙的新埠
渴望跃上一个明媚时代的潮头

哦，我怀抱夜的丽色
看街头光的幻象，交错，明灭，重叠
红黄的斜，翠绿的弧，迷蒙的淡紫，诡异的墨蓝
一个极简的冬，磨擦着雪的面部的风哟
且散且聚。且弄影。且遗失。
大风在屋脊上的屋脊，唱着安魂曲
那一页滴了水渍的稿子布满指纹
仔细看，有一行字：

我们都在地球的表面蹂躏地球
温柔的提醒着每个人的，举止

风还在拽扯草木根茎，那面湖虽一时不静
但却蓄藏着一弯下弦月，如舟的孤影
我试图逃离这个冬天，我要乘风而去
去往四条水系追行的春月春季。
哪怕沿路雪洒冰凌，哪怕携带的糌粑不够
我确信沿途总有生命的王国，鲜活的花朵
梦也许会被一朵祥云孵化成形

从荒原找寻河流磨砺的纤弱
有时借酒浇的其实是，在途的梦。
悠远的风掀开乡愁的衣襟

阿里，祖国西端的河山
——一抹斜阳最后蒸发的地方。
一轮赤色明月，正爬过冈底斯的雪峰
照临这无比辽邈的夜
一年四季都延伸着阅读山水的目光
一年四季都存有织梦拈花的，怀想

荒坡上蒿草随风

千百年前的宫殿，已化为几粒细沙
倒下的枯树
在如火的阳光和如刀的流风中，认真地朽腐
而传说仍在风沙里翻飞

札达土林的姿态是超现实的。
或者，对岗仁波齐做一番神学解构。
玛旁雍错，有时递给神山一面镜子
有时把沿岸残雪，卷起
让草原等候的王，在遗址里睡去
被时间折磨的风，永恒地吹着

拉萨，落花成佛的城

扯着阿妈的衣襟，揣一颗虔诚的心
擦去鼻涕，把晨曦走成落霞。
等春风越过夏雨，等秋云卷起雪花
一家人前后簇拥，涉水跋山
踩着光，一只藏獒跟着。
磕下一路长头，念着重复的经
不知不觉地就到了拉萨。

那满身的灰尘，掩不住脸上的一朵晴云
布达拉宫前，有多少远道而来的人。
庄严的宫墙下，走过三三两两的红衣喇嘛
墙上耀眼的白，是牛奶织成的薄纱。

一群山羊驮来了一个大昭寺
一列骡队踩热了一条崎岖的茶马古道

雪顿节这天，人们喝着浓酽的酸奶子
拜一拜展开的巨佛，看看藏在宽袖里的藏戏

推搡着，都为了一个人山人海的狂欢。

拉萨，已不再是摊开的 1950 年代
那几张发黄的旧报纸。换了人间的逻些[①]
正穿越一道虹霞般的历史图谱。
月色清幽，太阳滚烫
当公路纵横成网，当神鹰在高原起降
当又一列火车抵达。我们在拉萨
放眼、感知、倾听——圣城律动的潮汐
踩出慢节奏，这泫然的生活——时尚、自信、优雅。

坐在甜茶馆靠窗的位子，感受老街巷的
喧嚣与宁馨。
像是一场赴约，落叶从树枝上纷纷逃离
秋天在树下集合，高处飞过鸣叫的离雁。
人们怀揣轻风的柔然，徜徉在拉萨河边。
阅大千繁复，目送流水东行、西去。
诗意盘踞在岸畔，歌声烘托了流年。

当一场大雪把一城覆盖，包括灿黄的植物。
当一场大雪覆盖了所有，春天已进入倒计时。
炊烟从雪地上钻出来，而通往春天的路径却因时而异。

① 《旧唐书 · 吐蕃传上》：“其国都城号为逻些城。”逻些城就是今天的拉萨。

煨桑的人朝圣的人祈祷的人，都是雪景里的一景。
和着聂耳慷慨激越的一曲，寒风中有一群少年
目送一面国旗腾升。

一城飞雪飘花，雪莲争开新蕊。
翌日，恰逢大寒
有人踩着厚厚的雪去赴朋友的约
月洒杯中，酒馆里有人无言独坐
举头望，山岗披着幡旗
月移西墙，石砌的山寺
可有僧人于灯下抄经?
拉萨，松赞干布的城
拉萨，仓央嘉措的城
拉萨，落雪成花的城
拉萨，落花成佛的城
安安静静的早晨，又见桑烟羽飞
岁序挪步，转经筒绕城三匝。

多少回想来看看你——这是谁的梳妆台?
一泓翠玉的蓝，我的纳木措
时密时疏的云，丛生出千层光影
湖岸潮雪磅礴而卷
握一把念扎琴把蓝波轻弹。

扒开湖岸的雾，有水花飞溅
我看见山的本相，水的前世
念青唐古拉搀扶着她，守好初时誓言
和一摞古老的爱情神话

拉萨是足迹的尽头，也是马蹄的起点。
牧羊女走在当雄草原
牛粪烧旺了帐篷里面的烟火人间。
团结路与友谊路上
走过几个身着藏袍的当雄汉子。

牧草长起的时候，草原把一半儿
分与牦牛和绵羊，另一半任季节的长风

喜马拉雅的飞鹰

亿万斯年，太阳的炬火炼石成丹。
风刀雪剑，皆为撬动时间的冷兵器。
珠穆朗玛则以难以抵挡的魅力
燃烧在峰巅，纯蓝火舌吐出纯白之焰。

我试图把灵魂煮沸，把煌煌大梦涂写在开端。

当大海撤退，流云就堆成山的轮廓
水中精灵，凭由万古太阳灼烧。
一群悲悯的牧羊人，举起羊皮口袋
把圣水盛满，在盆景样的高山深域
蓄养，早已退去的海洋之翼。
放眼去，蓝湖点翠
他们说，那是神女忧郁的泪
我看见山间许多蓝色海贝
他们说，那是神女散落的绿松石耳坠
我看见一枚化石更像一串华耀的如意
一圈环山之最，一抷泥土相拥的秀美

周遭四座巨峰，蓝白的锥形玉雕
更与这尊绝雄的珠穆朗玛比肩
珠穆朗玛，肩负荣誉之山
把不朽与神性，把朝霞与晚暮
把成尘古往锻压成冰与火的纪年
一卷纯金的诗文，温婉恬静
哦，群山，你高擎一把刺天冷剑
在巍然的山群，曙色万道——圣徒向它走来

拍打着云天的鹰啊，御风而行
它掠过扎什伦布寺金顶的流岚
虽有耄耋至老，但仍以目光的纵深，向远
或逼近燃烧太阳，或俯冲
劈向，排箫般密集的冰川

在白色雪塬，一群牦牛驮着黑色。
一群羊行走在一场大雪中
草原仅剩巨大的空白

汤汤年楚河及其雅鲁藏布
两水交汇之地，生长出一个“西藏粮仓”。
将新酿青稞酒倒满
敬这一方生生不息的雄浑高原

碰撞的陶碗擦出谣曲的原声
借着青稞酒的烈度，迈开粗狂舞步
拂袖时若鹰翅煽动，悲泣正在散佚
那远山的白，莫不是先民肩上雪
甚或流水冲不走的圆月。啊
我的涉水成舟的喜马拉雅
我的传唱青春牧歌的喜马拉雅
我的怨怀相托的喜马拉雅

岁月向远，淼淼汤汤
日喀则，太阳厚爱的河谷
日喀则，安顿灵魂的牧场
年楚河，养育青稞的地方

牵牛涉水，多少条路丛岖难行
翻过不知名的新月形山和藏噶拉山
我看见陈塘的吊桥，几百年拴着两岸
被夏尔巴背夫沉重的脚步压弯

诸神已遁去。花果是自然桂冠
我以月牙为舟划向对岸
在某个石砌渡口，选一隅山水，结庐
或打理几亩油菜花田，或牧养千朵白云

在一株株苍翠树下，耕锄凡心
与大地共绿，与苍山荒老

哦，这不是虚拟的土地
千里边境线，他们睁着警惕的双睛
而洞朗，却是一个被历史记住的山坳
祖国的土地无论多么贫瘠，但也
绝不让许异域狂野的马蹄
边疆的丛草山林
哪能容留外族的牛羊和象群啃食

雪山没有暮年，那一把雪
还活在河床以上，那里有待耕的沃土。

山之南，那一尊釉土陶罐

从飞机的舷窗上俯视念青唐古拉山，之南
古老悠远的山地，有一面国旗插在界碑旁
村落的屋顶，是太阳照耀下玉麦人的家园。

此刻，时间上溯数千万年
造物主能否听得懂这夜半的孤弦?
而孤弦的回音竟然如此绵长悠远
一个民族的史前、创世
一个民族始祖的巫颂、神台
正是神猴与罗刹女筑砌的屋舍。

百兽悲怆地鸣叫，黑曜石上滚过的太阳
和，它的九道光环
山之南，一棵老树吐出新芽。
桑耶寺，一页金汁草成微缩历史。
雅砻河畔，时间的脉象之上，大地呈上吉祥。
当聂赤赞普驻足下马，历史
就绘制出后世三十三代帝王们
采集狩猎拓疆的岩画。

那些碉楼、断墙，是历史在抬头张望
那些碉楼、断墙皆为语意雄浑的词章

用建造桑耶寺的双手捏一尊陶具
用拨动 108 颗念珠的手指捏一尊陶具
让它在烈火中淬炼、载舞、出炉。
釉色凝成最初的底色，最纯的感念。
双耳鼓腹陶罐，酷似亡灵的颧骨
装着部落的奏仪、诏令，装着大道歌弦。
装着煌煌辞修、殡葬诗礼。
装着天地之间所有的秘语，
装着农耕文明肇始的神性光环。

胖胖的陶罐拿它盛谷物、舀清水、煮牛乳
守着胖胖的陶罐——筑庄园、允食烹、论迁徙
怀抱胖胖的陶罐——正如怀抱新石器的斧钺
创造，神话，拽紧笼头连着缰绳的战马。

那是吐蕃时代第一块农田，春种秋收
几千年不曾离开过雍布拉康的视线。
而奴隶的身躯就像黝黑的树根
常年穿行在黑暗里，比青稞的根系还要低
但终究被剥削的扭力紧紧拽住，不放

大多数粮仓的门都不为奴隶们敞开
离世的统治者们都建有一个酷似粮仓的墓穴。

哲古草原的七月，它的暖色调
和它的质感，油画一般
扎扎女人美艳的服饰，飘逸着
文成公主的草原之恋。
这一方厚土还存有最初的温润
胸前佩戴银器的妇女们，舞着、唱着
踏着明快的节奏，歌颂自由、爱情
歌颂有滋有味浓香四溢的生活

左旋柳在月下打坐
切玛上插满青稞穗诠释着吉祥的真意。
看见饥饿无力的农夫们
青稞幼苗就恨不得一夜长大

朝辞拉萨城，午至山之南
奔行的人们，眼眸里都被风景填满
往返的路上没有栏栅，倦意被诗情诱惑
北倚卡若拉冰川，南有流云竞渡
羊卓雍措，展开来的阔大
约等于七十个杭州西湖的缤纷。

旅行者在此赋诗、恋水、亲近自然
嬉戏，呼喊，自拍，捕捉生活的蔚蓝。

在山之南，太阳析出道道光环
新印的经书墨迹未干
忽被天空酿成的雨水濡湿一大片
而雨水正泽润大地饥渴的胃——这是自然的馈赠。
白昼如夜，正与负在高天碰撞，雷声滚过
有人手握纯银的神鞭，搅动周天
前面有受伤的候鸟
后面有人携带征伐的箭镞与刀矛

从转经道上顺时针走过，天籁声起
有人觐见藏王，凭吊当年宫殿
看幡旗荡开五色之美，览尽风物气宇。

从历史的幽谷走来
坐在泽当镇一家川菜馆
大家边聊边夹着菜肴，也夹着街头
古老而蓬勃的夜色。

想起那年，从桑耶寺出来
记不起那天是雷雨还是大风

（好像大风引来雷雨）
但我还是坚持坐上他的马头木船
去往雅砻河对岸
我去采风，而风却一直裹腹着我。
那一天是正午，那一天到现在
已经过去了许多年。而记忆永不生锈
把秋天的落叶叠成翅膀
倾斜的影子是前世
肩上的阳光是今生

从桑耶寺展开来的夏夜，着手
无论摄影、记录片、唐卡绘画
有一个声音在问：
成形作品的精魂如何能传神
尔后抵达致命的逼真？

月光倚在甘黄的青稞垛上，周边袭来
一缕丰年的麦香，而垂落的却是
一颗又一颗流星，有人说它是雨
初看时状若烟花
再细观，多像天神手中滑落的火把。
而天神之子聂赤赞普，也在人山人海里
看着松赞干布手挽文成公主，走向布达拉

走过，千百年舒卷的吐蕃风流

而这一切终将幻化成千百年以后

匠人手中的彩绘

——概括出一个民族的样貌，图腾。

在林芝听林间的声声鸟鸣

翻过米拉山口，就撕开了冬雪与春雨
这一张自然的封条。
翻过米拉山口，向南是工布江达县
不经意之间，你就披上一身
尼洋河水系润泽林芝的濛濛细雨。

大雪下在米拉山以北
也下在工布江达以南
这一场雪，在林芝的南部
存活率极低

海拔至低处山色青翠
呼吸的花引你至往水湄
奇异的梦是别在你发髻上的云。
在索松村住上一晚，推开窗
就能看到中国绝美的雪山——南迦巴瓦
一尊冰山之父，是直刺苍穹的战斧
它是由九个山头组成的锯齿形的，长矛
抬头一个南迦巴瓦

低头雅鲁藏布江之大，那是峡谷之大
咆哮而过的江水几度狂野。
暮晖铺开，千朵烟霞飞来
湍急啊，它让流水在旋涡里生花
它把秩序拆解而后统统售罄
一时羞涩，遮雾披纱

我在这巍峨高耸的峰前
引出神山的魂魄，找寻珍珠的表里如一
山路上遇见攀岩的人及其追梦的心
——这野趣丛生的山林。

河流绕过雪山，瀑布飞流峡谷
十里桃花满树娇粉，灿若织锦。
那一坡花，开出了多少闲愁春意
啊，行旅于尼洋河的光风地带
所有的美都在此相聚
所有壮观的景物都在此一一现身

这里不光有桃花，还有春天的杜鹃
你看，开过来了，由南而北开过来了
蝴蝶紧随其后，这一片，那一片
漫山遍野的杜鹃在呢喃。

花瓣万朵，丹彩还红

奔行中邂逅苯日神山
鲁朗的石锅任你品尝
米堆冰川，鬼斧神工
余暇，留恋于然乌湖畔
像读一部经典，手眼都不离宗卷
捧一枚蓝玉，水纹碎浪多么细微
一语梵音，萦洄不舍
踏足南伊沟，在洛巴村阅一场民间民俗
雾起巴松措，语出自然坦言的真切
它的绿它的蓝，晶莹且无骸骨
青荇之上，美的遗稿在流散

作别鲁朗林海
站在青苔之上看世外桃城
趁春光正好，漫步于桃花深丛
试着撞一回桃花诗韵
惹火的美景若火，借这火
点亮心中的那盏酥油灯。
时光，正被雨淋湿。

昌都，以康巴风情开卷

这里是三江并流的地方
这里是圣地西藏的东大门
这里是古老与新生共存的城。
我邀你一起，来倾听三江激越鼓韵
澜沧江、怒江、金沙江
深山峡谷是存在的，落差是存在的
依旧是壮观如潮，而一切都不可复制。
我试图进入一种可能，而不被另一种可能改写。

与昌都对话，就是在澎湃的江河找到共鸣
就是与一面立方体的山脉，扶肩并行。
山峰顶部的光线是明亮的
大草原犹是一洼乐土。
丁青热巴舞几曾声动三江。
在低处，把强巴林寺的大殿凝望。
在这里，你的心至少被俘虏过一次以上。

把东达山上的丽日给我
把三色湖底的圆月给我

把人间的想象给我，此刻我便是天空。
那是鸟的翅膀飞不到的地方
也是鹰一试锋芒的场域。
把高大峻拔的雪山给我
把丰盈且遍野山花的草原给我
把流落的荒原给我，此刻我将成为大地。
把盐井给我，我用盐的结晶回答你。
把铁路隧道的课题给我，我拿第一手的实践，和
雄辩的论据说服你，和世界。

匆行在环山抱水的昌都
这是让梦开花的地方。
这里有一见倾心再见倾情的“茶马”要塞
来吧，让我们一起领受大山大水的磅礴美态。
有人把伊日大峡谷叫做超级“大氧谷”。
有人说美玉草原是“离天空最近的动物园”。
我们在初夏踏青野外
——晒太阳，看花海，逛湿地。
我们以迎宾的姿态
——坐看赛马，燃旺篝火，起舞跳锅庄
我们在湖畔
——吃一口糌粑，烧烤牦牛肉，痛饮青稞酒
山水冲毁道路，不久牛羊就会重新踩出来。

风雪掩埋历史，人们就在灯下重新誊写。

我看见有人骑着枣红色种马
走过怒江七十二道拐。
我看见百年前驮盐的队伍，逝水的悲壮
——几代川流不息的逐梦人。

康巴汉子打开雪域之门，
双体兽形陶罐装满了卡若遗址的文明叶片。
横断山脉，把我的目光托举得很高。
十万块岩石在安静地修行
白天在外头，黑夜在里头。

在风雪中抵达

种子深埋于土壤，是一次抵达。
双脚对于长路的完成，是一次抵达。
晚霞是黎明的抵达，严冬溃败给春风是季节抵达。
所有的抵达，都不是点与线的非虚构移动
就像那时我对雪山的神往，先期望于梦里抵达。
可以牵着马匹，驮上青稞，驮起爱情
也可以背上行囊，行囊里放置未逝的青春
还有歌谣，沿着河流追逐无边长天
追逐大河之源。更欣悦于流水的匆忙。
或者送走右岸的雪山，怀抱左岸的牧场

在特定时间和特定空间
精灵一样的雪片伸出状若烟花的六指
无声的白夺天而来。纷飞在早春的窗前
是轻扬万花，是灵气聚散。
抵达，不断确立沿途的求解与追问。
追问什么？谁聆听过悠长的远古之音？
追问荒漠，追问奔跑的雪豹
追问怪兽群集的山形

——这一声直抵千年之远的永恒追问。

荒原啊，你为何如此慷慨？赠我以群山千座。
或者，赠予我万顷肥雪。
我必须在夜幕垂临时
抵达微火星烁的那一片屋宇。

西行昆仑北望唐古拉，我走在一条险峻天路上。
风雪狂欢的大野，只剩一条莽途
在时间的巷口窥望，团雪忽如流剑
岩石上有亘古铜光。
我不做峭壁上苟活的蒿草
我要做奋蹄的种马。你听
孕育风暴的，是我青春的狂野之歌。

马蹄在计程。山挡不住路的通达
山是巨大的墙体，山是驯服风暴的一侧建筑。
我们坐下来，坐在草原上修改长旅的论文。
我们饮酒、大声喊叫，我们伪装成浪迹天涯的人

大寒时节有雪搅动山寺檐上的风铃
闻听子夜狂风淘干河流的诡异。
纵然是孤光独照，纵然是山风失序

但总有一种抵挡和回应，堪改天命。

一场大雪刚刚收起尾翼，也让我重新点燃
诗歌的律令。在今夜，就在此刻
就在风暴撵压流水的邻村
盘踞的繁星还未落幕，还记得暗夜星座上
山的容颜和水的泳姿
还记得鹰的孤单与草的卑微。
造访的神啊，请替我斥呵这道凶残的风
听惯了嘶哑砺音
多么想拥有田园上致密草叶的曼舞

在命运之河之流域，我是繁殖想象力的壤土。
雪夜，一群毛发倒竖的兽
露出夜的牙齿，但并非夜的全部。
你看狐狸轻盈，狼的狡黠，你看兔子敏聪。
藏羚羊甚至于一只鸟，踉跄呼扇的鼓翼
甚至于一朵云的骸骨。
废墟下埋着一册锈迹斑驳的地方志。

雪道何至于盲道？也应有一束腹膜的光明
指北针加上一叠札记，组成一曲抗击风暴的檄文
河面水岭飞出几道凌虚，恰一尊拂晓雪莲。

我曾数度握紧笔，写下青春和自由的押韵
草原上一群苍狼，踩碎了远方堇色。

结冰的橱窗，摆放着一部春天诗集。
印象中时尚瓷瓶，盛满一杯无盐淡水。
我是山道上蹒跚的绵羊，赴约一场草原之恋。
但我不能久留此地，撇下我抵达遥远的誓约。
鬓云之下，从朝阳初上的毡帐
开启又一场行旅角逐，我必须跟上迅疾的马蹄。
河面上，有一湾泓水的静。
云在水中游。一棵无叶的树，岑寂的神
冬日里万物各自赋形。

每一条羊肠小路，都拥挤着不老神话
峰巅上散乱的云，我的衣裳
被缝上发光的纽扣，我愿意这一刻
成为一朵圣天碧云。
在风雪中兼程。我是一支弓琴
拨弹的音域回环在风扯落霞时分。

荒原啊，我欣喜于你落雪的美。
顾不上挥别三千束花朵的凋零。
雪花，我狂喜于你盛放的从容，

我在日月的桥头凫水，以翅膀缝补天边裂纹
恰如女娲。后来每一次出发与抵达
都有我命定的机缘。
我骑行的马匹未必是我永恒的游吟
醉卧在五百头牦牛领地
听一首断续歌谣，和神的大愿。

我想抵达宇宙任何一个亮着灯火的圆点。
繁殖幻想，游弋灵魂。
我漫步于银河街头，兀自的光
是多么壮观的生成，那空濛的向度。
抵达一座峰有不同路径
河水正在分形，烟云漫动
太阳是脏器，是中枢，是颅脑。
它俯仰水井，它盛产流光
面对无垠世界，我忽然接受这样的抱臂沉思
一次出发，就有一千种方式抵达

哦，谁不向往那魏巍高峰
而每一次攀岩都是一次靠近
就像靠近奔流的岸，接受缺氧、咳血的阵痛
接受风刀扎身，接受苦难与美的恭迎。
而迈向高峰的双脚仍然一寸一寸掘进

攀岩者前有橘色晨曦后有人世沟壑
锁紧一个信念，最最难熬时刻就是最接近峰巅时刻
也许离峰巅仅差一步，向上便是抵达的全部。

乘着雪花的翅膀

秋天已然卸妆。笼盖四野灰云，游走般的。
而叙述寒雪，或者聆听冬天的讲座
这是又一场不期而遇的赴约。

今夜鹅毛大雪，把醉与微醉的世界统统覆盖。
此刻，我放纵一千种想象
这无骨的云怎样分娩出六角形妖冶雪花
精灵一样。远处传来天地婉娈之音。

雪把人们干燥心情，潮润
彻骨寒意，藏下一个有形的冬。
巨大雪被下，孵育万物对春的轻唤？

绵延群山，秀出鼓囊囊的肌肉
荡开峰巅奔流之美。使人迷恋的河滩
在枯黄芦苇丛中飞鸟们叫嚷着。
岛屿一样的沙舟，挪动着群栖的鸣禽。

山川啊，飞鱼在你腹部蠕动

雪豹在你脊椎穿行
蹦跳的浪花，任其放纵
可以举目一片云在河面摇着桨撸。
可以俯身一窝蒲公英花落成絮。
可以想象水鸟云集千帆竞渡。
一束光，落在我描述的事物上
鸟雀在枝杈上押韵、嬉戏。

阡陌上草绿草枯，一株株茎草落有雪
绿有绿的禅意，枯有枯的诗情。

一朵雪花，是素描，是雪白纱巾。
是长天垂须，是大地风帘。
是满地芬芳的百合
是芦苇乱舞之后的幽静
是打动人心的具象美。

当纱织的锦云遮住太阳神那道光焰
天云分娩的雪花若落英，纷呈
是民间偏方，更是片片如雪的书信。
我背起行囊，舟乘一行行轻云。
我的一万头牛羊觅食于一川枯草
在粒粒飞雪中提纯，生命因子。

雪下着下着就下成了一种图案
水流着流着就流成了一双泪眼

一片雪花洇开零度以下的气息，
这里的暴风雪也是你怀念的朋友。
和谁共叙精神穿流的母题？
你把留言写在我后来路过的雪地。
这是羽飞雪花，是自然神
你把所有人的不安化为镇静
而你却葬于黎明初上
如此冷酷的怒放也肩负着如此温柔的陈述。

当雪花被时间碾压成冰，作为后来者的你
我欠你一个痴痴的踏雪寻梦，欠你
一抹胜利者的微笑，欠你
生命迸发出来的光焰无尽。

你是雪花，你固执到飞翔并无定式。
你是高天委派的信使，你是雪花！
你弥合了天与地的疏离，你落羽人间万户
你是重生天才，你是神性歌谱。
你紧握曲笔，叩开音乐天门。
当郁积的风用方言打开疑问

醒来的太阳神，就能看见远山上雪檐宫廷。
你装帧视野山川，你愁眉于幻灭的纵想
你摩挲着风前虚草——你是雪花！
你落羽于树蔓紫叶——你是雪花！
你是被天云舞尽的分身，絮语叮咛
你是雪山上一束哈达，盈袖围胸
万花怒放而谁不心动——你是雪花！
爱你，有我一腔衷肠倾诉
宠你，是我此生的偏执
恋你，愿你以至最的冷厉换来荣耀加身。
你有一千羽鹅毛送暖的可能
你有一万朵残云尽散之惟草木欣欣且向荣
你是雪花，你便是我翅膀扶摇的归程。

母亲河的发髻

谁把天上之水的闸门打开，是谁?
谁把万年残雪焐暖，是谁?
水袖罗裳啊，这从天而降的琼浆。
我的天河，你泽润两岸樱樱花丛
滋养人们殊途同归的幻梦

是谁?是造化?是重重天意?
你呀，你是一条陈雪化雨的河
越过层峦山梯，迎着罡风大声朗诵。
四千里长天你浩浩淼淼
掀开一扇又一扇水之门，雾白的帘
帘卷苍生。

你听命于心河，感知巨水生翅的辽远。
多少往事奔流而下，足够坐下来细品一番。
泥土上有衰草几簇，被新生的春风，兼容……
水盈蓝，照见的人心万分辽阔。
炊烟随风去，忽煽的鹰翅抖落了疏土

垭口的石雕上凿有名山和海拔。
一串玛瑙石、一枚九眼珠

一件件银器金器玉器，
一个个羊角、牛头，一部格言、一册经文
都是雅鲁藏布的一摞传说

啊，我的天河，你是溢出方鼎的烈酒
斟满了历史掌故。你发出雄狮在峡谷的吼叫
褪去冬日羊皮袄，你就是一条金鱼飞跃。
披上战袍，更像武装泅渡的兵士。胜利者在饮
一切都围绕着河而生而死，死死生生，希望高耸。
请再饮一杯，饮到血祭的新曙燃烧成油画的晚霞
饮到凝露丛生月上中天。饮到朝旭临窗，光映金山。

大河，全部的用意在于
面祇不知倦慵的水岭，在时间的缝隙
迂回、腾升、溶化，也终究印证了大海归一。

湿云绕道山腰，有矮小的夭夭树冠。
天水围雪，绿草在暴风里养生。
而岁月之河犹似炉膛中锻冶的弯刀

水煮静雪。对水抱以最初的坦诚。
击石成浪，那凸楞楞的美。
我背靠喜马拉雅，饮马雅鲁藏布江边
四野八荒之上，太阳为谁点烟?

徐行的马轻渡涧水

有一种情怀你无法说出。
垂暮中不死的，正被一苗野火引燃

在异乡久居，如何辨别故乡方位?
安然旷世，谁不怀揣自负和大狂?

不知何时泪水濡湿双襟，此刻
我必须谢绝恭维篇什。
我是一头奔走在天路的瘦马
永不卸载无人匹夺的豪气干云
即使饥渴降临苦痛缠身。
在西风卷云的大野，我是雪山长河的后裔。
捧一束五谷新穗，献祭天地
听命于微弱星火直至激活全黑的夜。

在长冬，一个村庄围着火炉
一只离群的绵羊叫声急促慌不择路
有几个少年铺开一卷雪，涂鸦其上。
百草做着深呼吸。原野有雪豹隐约踪迹。

山野是风雪道具，草原是牧人游刃进退的大本营。
有人翻越雪山，狂风也紧跟着翻过来。

落雪时节，适宜闭门读书、甚或独饮

我必须表达对于山峰致意
在山的家族，仰观壮伟雪峰
像是打开一幅垂挂的地理草图。
朝霞烫开排云，冰雪怀揣春草
身后削减了浑茫意境

这一道高河能穿山破石，夏日少有虫鸣。
云破处，有光倾巢而出。

粗砺的树杈像祖先苍迈手臂
告诉我什么是行程奢侈。天欲暮
谁与我山水共时。
驮着晚云的八骏，马不停蹄
有些死结过于憨厚，有些小阴谋不便于示人
徐行的马轻渡涧水。

我们是猎人后裔。我们是牧人子息。
数代人筚路蓝缕，踩出一册年轮斑斓的草原史。

枯萎懂得谢幕，叶子保持了最后的优雅
这如常的风。

光，来自太阳赠予。
太阳是一本关于资本的书，是关于火焰的书。
字里行间藏着你我的环宇。

是的，我如何仰观天象俯察净土。
每一座山都是头颅象征
每一棵树都是春天的坐标系
每一头拓荒牛，正被普罗大众牵引。
流星，溅落的焊花，金箔微卷，在脱落
草原上的故事，被改编

给时间配上音乐，给青春腾出一些空地。
我愿把我热爱的草原，写成昼夜兴怀的随笔
马蹄哒哒，叩开明亮的城门。

青海湖之恋

每一次观湖，看海
观的是近处行人，远处飞鸟
看的是朝暮云天，水面光风
每一次观湖，看海
观的是杯中月，看的是天外海
每一次的观湖，看海
观看的皆为人间万象，及其坐北朝南的生活

青海湖，恩惠于悬在大野的金阳
那一湖盈盈可人的蓝光，被煮沸。
最初走在你身旁，就像在自家小小院落
被年轻的母亲牵着，而后跑过房前屋后
跑向长满绿丛的土坡
满眼都是油菜花与青稞苗拼出的美好。

记得那时，母亲将白天的太阳充当灶台
把夜晚的月光支在窗下，像一盏灯
灶台上炊饮，月光下缝补
我枕在她的怀抱，入梦

风吹来，岁月回荡
我喜悦这水质的蓝田，日月山就坐在身旁
她有晶玉的纯粹，她是瀚海上的大荒

环湖青春拉力赛刚刚降下帷幕
洁白云彩就从湖心绽开——那一株荣誉之花。

这一次走在湖岸，我又瞥见年轻母亲的泪光
她身穿与水域色泽近似的棉布衣裳
一手牵我，一手拎着生活的余暇。
她总是不停地劳作，苦难已经拿她没有办法。
她时常春风荡漾，她拥有世间赞美女性的词句
任你在她的脸上盘查，也找不到一丝愁苦模样。
时间与河水都不可逆流
操劳的母亲一夜之间变老了，我也就忽然长大

雪卷昆仑，梦枕祁连
藏羚羊在迁徙，雪豹出没于三江之源
我在国家公园的草坪上辨认着湖与岸
海西，海北，海东，海南①
四海将你合围，你是海中之海，你是四海围成的家国。
青海湖啊，你是以省命名的湖还是以湖衍生的省？

① 注：海西，海北，海东，海南，分别为海西蒙古藏族自治州、海北藏族自治州、海东市、海南藏族自治州。

唐蕃和亲的队伍刚刚离开湟源
倒淌河边的一株马兰花就摇着淡蓝色手帕
立于风中欣欣而欢。
远嫁的文成公主走下木轮马车，掬一捧咸咸湖水
当镜自照，照出吐蕃人来往的飞马和车辙。
也照出布达拉宫的表情——一座震撼人心的宫殿。

流云舞袖，一曙光亮透过来
有人面朝鸟岛，祈求《山海经》里的人鸟神
赐一副百灵嗓子，自由婉转歌唱，再赐一双飞天翅膀。
往西，是茶卡和察尔汗——这如雪的盐海，它调和五味
再往西，谁说只有满目的戈壁黄沙
我看见慕生忠带领筑路大军匆匆西行。
我远远望见，端智嘉青春的瀑布犹如从天而降的哈达。
我听说昌耀要去参加一个笔会，坐着大巴去了拉萨。
我看见中年的吉狄马加捧一本诗集坐在湖畔的阳光下。
云是飞鹰的船，一切都将成为历史和神话。

哦，夜宿湖畔，一湖汪洋载着满船的梦
挡不住的激动源于这一汪水的蓬勃。
设若王昌龄生活在当代，除了青海长云
和一山暗雪，笔下应有更秀丽的江山水草。

独立青海湖岸，心底黄河漫卷
长江从雪山奔涌而下，牵出澜沧江壮观的落差
它们向东而远！它们向海而生！它们向海而兴！

旷野

像一部冷峻的史书，喜马拉雅
像一幅丹墨长卷，雅鲁藏布
你瞅，你听，鸟儿们叽叽喳喳
把春天衔上树梢，树梢儿伸了伸腰
春天就穿上风儿裁剪的裙装
那新衣，嫩绿中透着鹅黄
牙牙学语的幼童，扯出呼唤春风的音腔。

在一种声流里，流水裹着泥土
浪花，赶着趟儿。树儿草儿挺直了腰
初夏就不期然地站在人们的视野里。
季节总在翻山越岭，秋色登上山巅
四野凝重，我们争看九月飞鹰
午后我不在别处，就蹲在山的肩头。
山啊，它有一种使人环顾天地开阔的气宇

不用刻意去造访，以往。
附近没有酒吧、书屋和公园
风从山崖的齿缝吹过来
在路上，我将继续接受风吹雨打。

第二辑 柔然的河流

陨石雨下个不停
天空似一个巨大无朋的火炉
火苗星星点点。
看月亮的脸部腊黄。
篝火的墟烟正上
远去的背影像是夜月下未关的窗。
怀揣寒夜，这枯瘦的沧桑。

——《怀揣寒夜，这枯瘦的沧桑》

雪山下的季节河

这条季节河，是水穿过的旧衣。
空空河道，雨季时候水忙着迁徙。
山坡新草，穿一件绿裳。
平岸之上，烟祭神山，水祭阔地
它有一种蓄势。
时间在重叠，切割
拐弯的河道卷起水岭。
也曾手持大海请柬，赴约万里
细密的涓涓的流淌径行归一。

当雨季远去，河底空茫
呆立的岸，像迎风的悬崖。

河底曾有鱼群游过
枯岸也曾爬满翠色
河底的岩页石
像装订成册的史书，翻开时满纸象形。
沿着河堤，从石刻上能找到
祖先们在自然面前的全部表情。

系着雪山的河流

是群山捧给天空贡品，这远山雪峰
是大地捧给高山贡品，这丛簇花草

不复的，流蛮的万水越过重重山峦
海浪跪伏着扑向海岸，恭迎远道而来的
河流。它是一根细长的，水做的纤绳
一头连着大海一头系着雪山
别一样的神圣

群峰拱卫着一个珠穆朗玛

我热爱这牧场的斑斓翠绿。
你说，草原再大，也不过牛羊唇齿间的一撮青草。
我说，寨子再小，也是千百块砖石垒砌的家国。

我热爱这厢生梦多情的莽石褐土。
你说，耕地再少，也会在青埂内外开满可人的油菜花。
神说，雪峰再高，也无非牧人一顶白狐皮帽。

在这万山根脉相连的沟谷
有飒飒的水系，有时间的絮叨，有部落的风。
要问这里有多大，群峰拱卫着一个珠穆朗玛

所有乌云都会让出光明

村落的炊烟，和寺庙那炷香
一起缭绕，它偷来流水的线条。

不知道这湖有多大，但它总是
能把一个蓝天和万朵白云全部装下
像一个酒盅，而天神
常端起它，把大云大雨一饮而尽

五色经幡塔，守一绺空旷
像湖畔的格桑花，经年不凋
阿妈说，当你遇见过它，沿途
所有的乌云都会让出光明

致漂流者

漂流者的行迹够得上一条孤旅，这卓绝的行程
骇浪前呼后拥。危险频临
高莽而突兀水岭，是一个又一个倒扣过来的波涛
涌起的除却虎啸，还能闻听枣红马一声嘶叫。
激流将吞没摇曳的苇羽，平阔处鸦雀无声。
安闲日子热血自然冷却。雪在落
你驾驭轻舟，朝着生命的向度

漂流者就是自己伟大的化险为夷的船长。
一切源于运道，征服蓄满你的胸臆。
流星划过广袤银河系，像树木拦不住长风。
你拿烈酒止渴，与牧人交谈地域民风。
你笑对沿途悬崖千仞。遭遇激流中的重重险境
而后，在险境中冲出绝境。

你踏着波涛巡礼两岸，你是王
欢呼声中有拥戴你的群臣。
你走过牵魂的千山，你扑向归海的万水。
一只手伸出来，摸摸口袋，情书和钥匙还在。
你试驾江河无数次。
每回踩着大浪就情不自禁，血往外涌。

万物葬于时间

而六月，云层漏雨，青草埋了马蹄。
夏花和马，我都会精心打理、饲养。
与一名探险者坐在雪线以上
选择抽烟，谈论缺氧日子

半截峭岩埋在云中，山雪若簪缨
神女峰裹了一围白头饰。
斜阳像屋里燃烧的火塘
我倾其半生还未读懂一条河流及其两岸
那仪态万方的水草啊。

山雾缦开一种意绪，雪花从不畏严酷的冬。
一些瀑布，一夜之间冻死在沿途
睡姿像冰川。
泥土自有生命脉象，忧伤是青春的刑场。
我曾虔诚地抄写过冯至的十四行。

探险者熄灭烟头，默许空山守住孤羽
雪线以下春雨淅沥，犬吠车马，冬天不治而亡。
借我一场雨，矜持的雨，高贵的雨

我渴望扶犁担箕，我决意白天牧羊夜晚织衣
和大风一起，葬于时间的深渊

从马厩里举起烽燧，把黑夜捅一个窟窿。
一匹马四蹄高贵的奔驰，向远
从子夜出发，把天走亮就能抵达光明的家。

净土之上遍布河流、沙丘、虫鸣
欣然怀念，晌午静光与向晚夕照。
一江游弋，水声比风声更加踉跄、跌宕。
风声比水声有更大的嚣闹。横渡其江
而峡谷的传说也早已风化成册、成典。

流水在漫漶，伟大的白雪修补天籁。
一座旧桥的锈斑，一摞传说冲开的残卷
偶然回头，田间劳作的妇女们像一群女神

一场万里而行的远嫁

拧开春天的阀门，倾听
倾听流水和开花的声音。
涓涓溪水走在发芽的三月

源于太阳神的召唤
所有的雪山都努力捧出汩汩溪水
所有的河流都环绕着山脚游走。
一道闪电聚雨的河，注定在风暴的旋涡。

长长河道，一片庞大水域。
芦苇深丛，赤麻鸭洑水而行
黑颈鹤在水上，双双成舞。
一条河道找得到通向大海的路径
由此去往更远的府邸。
一涓小溪，只要出发就已经无家可归
一条大河，只要出发就是一场万里而行的远嫁

激流荡尽沉沙，峡谷舞尽落差之美。
大海就是万水尽头最阔绰的家

水母雪莲花

一场大雪，让冬天蜷缩的故事有了情节
雪花之白，凋零了一切装饰的白。
一地白雪把那些过于热烈的颜色一律覆盖
天地空濛，还其寂静。

寒流窜进村庄、小镇、都市
从不择一处驿站，歇歇脚丫。
这场大雪，把冬天推向极境。
雪是藏不住的美，有人偷偷把梦藏在雪窝里
等它，来年发芽

你只要俯身雪地倾听，定能传来
几里外孩子们在雪地上撒欢的笑声
他们踩着雪，堆砌雪人
孩子们的雪梦，犹如山岩上一朵盛开的
水母雪莲花。它一生没有春天

那条河，是土地神的腰束

某晚灯下，翻阅一部河流史
读到统御河道的秘闻。一条河
激荡而来的白光——土地神的腰束。

无数条水系，一旦加入江河的集群
就判然有别于弱水孱云，那波澜
汇聚了链接的神话——撵不上的水影。

有人披着暮色借宿村寨
河岸人家都有水柔的性情。
河边的城堡里原先住着河神，现在沦落为遗址。
大河，有舞不尽的辞采华扬。
大火，冶炼过祖先耕牧的铁锄。
大风，常把死亡的沙漠，吵醒。

问鼎奔流的河，我甚至愧对流浪。
当雨长时间不停，河道的脾气就见涨。

池塘

左边的大山像一件黑袍披在夜的肩
谁把一枚镜子镶嵌在村口
谁的，一枚枚发光的纽扣钉在天上

既然从池塘里打捞不出密密麻麻的星星
索性就让它和熟睡的鱼儿相伴

雪的墓碑还是雪

流水的推波撵不上轻摇山影。

露水是上升的地气。
天空常有止不住的泪，滴在野花上。
问遍山脉，哪一座才是土生土长的神?

在草色油葱的岸畔，花草粉饰了炎夏
又过于扰攘了它。

如果你对这边的苍茫无动于衷
如果你对这六月的飞雪无动于衷
你就在试图疏远风暴的，生成。
视域里对岸的群山飘在水上。
流水冲下来的忧伤啊
继续溜走，包括淤泥。

落叶是秋天的遗物。
摘一些已谢的枯萎花瓣
正如摘除一筐轻愁。

有几株绿草长在仿制的青花瓷瓶
无分四季。
雪落时候你我见证生命诞辰，而家园寂静。
雪的墓碑还是雪。雪能装饰黑暗
装饰黑暗的雪，混同于一盏柔白烛光。

在江之上游，弥漫着水的非虚构路径
激情任你任意，浑融。
一顾苍山再顾沧海。
在江之中游
我是你怀中的一叶水草
你是我眼里的万顷烟波。
间距是存在的。微茫的光是永恒的。
并不平阔的水域是向远的萦带。

风抱紧沙子有时在哭泣，有时在伴唱
那么请恕我狂妄
播种有多么辛苦收获就有多么幸运。

羊卓雍措的釉蓝

有风来，云过境，白羊宦游
蓝光下有行人于岸，影动薄裙
这般的辽阔

他们说这湖是神女泪珠的倾盆
牧草伏于岸爿，雨点落处
褶皱起，纹饰万千
候鸟鸣叫，涟漪一片
猛回头，蓝光镀上卡若拉冰川
风起浪花，拂如千羽雏鸟学飞。
却道是，雨在水中打出的一张好牌。

牦牛把草原驮在背上

牦牛负重，把踢下的草原驮在背上
把万里云天驮在背上。
牦牛负重，驮着青稞和播种青稞的兄弟们
驮着命运的余零。
时间嬗递，炊烟独白
牦牛，是迁徙、耕牧和远行舟楫
它能把路延伸至大山以外

牧人赶着牦牛就像赶着旷古烟波
负重的牦牛像一座黛青的山
更像沙场上返回的老兵。

牦牛驮着盐巴、也驮着风雪上路
约等于驮着牧人的新生活而行。
牛背上驮着牧民人家的生活
有木碗、铜镜、胭脂
有陶瓷、茶叶、青稞酒。
无论何时，它都慢条斯理地嚼着谷壳和干草
嚼着天地原色。

驮队返程，比节日隆重
把酥油茶倒上，把青稞酒斟满，把喜悦端上来。
篝火燃起来了，铜锅架起来了
歌声飘起来了，舞步跳起来了。
滚烫的水，煮软了草原上牧人的生活
煮开了心头的晴朗，煮沸了岁月苍凉。

一路上，牦牛把日子驮旧，把蹄印踩新。
披着黑色大氅的牦牛呼呼走过
浩荡起忽焉的吽声。
一群牦牛在运力，千头牦牛再出发
它是足够吨位的船舶
太阳在移动，泥土在移动，牦牛在移动。

把一粒一粒青稞抚养成熟

分明是冰雪的悬崖，它的
自然高度并没有为它赚取太多。
猎猎万古，不是风雪焊接的旗
不是石头压缩的城，不是
而是，白云铺展的意绪
成像成佛。色调单一。

彩云环绕你 ---- 珠穆朗玛
风起长夜
行云绕行，你却坚守一个高地
你是白雪坛城，你是度母造像。
你是九千棵甚至更多菩提树，结满舍利子。

野生冰草聚为冰川，犹是岩石之外硬朗的魂
它的姿态是一种可能，加上多种可能。
风似马的桀骜，放逐激情
银峰横排，坚硬的牙齿咬不穿日头
却也几度蚀缺了天上圆月，一轮。
有彗星落入湖内，像尾随的鱼

千年狐在月下，谛听遥远的佛颂

我们牧羊，流水边走边唱
我们耕种，把一粒一粒青稞，抚养成熟

夜宿帕里镇[①]

远道而来的镶着宽边的风，很凶猛
旷野上有几条便道，从来它们都不愿走在路上。
雪山排列着，那是荒原上长出来的
几颗雪白牙齿。

在凛冬，我身披一镇的大雪。
有藏獒守着古老牧场，即使白昼
那些沉睡的群山也无人问津，只有神女峰下
走过来不同面孔的拍摄者。
他们争相一睹神女容颜，和
那双依稀可辨的辫子。

逆风中有一两个牧羊人，
目光扫视低头的羊群，
背上的行囊包括但不限于糌粑口袋和水壶。
当羊群淹没在地平线散乱的白云里，
土路上就冲过来一两台颠簸的车子

① 帕里镇，地处西藏亚东县中部，是该县南北地形的分界带，素有边境重镇之称。

车后的风像钻出的油田，在井喷。

黑颈鹤落羽在多庆湖畔，他们的翼和春天的雪花

一起展开，并，超离一切之上。

许愿

虔诚地给星星许一个愿，双掌合十
把我成疾的思念带给远方，带给你
星星眨着明目，以光之速率靠向你
于是你成了途经我眼眸的那颗流星

时值枯草含霜，秋树若伸开的十指
来风是你，掀起我浓密如瀑的黑发
落叶如我心迹，愿它成鸿雁飞向你
这雨滴如诗的缱绻，从脸颊流淌出
我深信，你是四季从未离开我半步

想你时，背负如焚的痛楚。你是火
如果我是翅膀，你是否做扶摇长风
你若是雷霆，我便是那无边的暴雨
倾注。就让雨水洗却我误读的曾经

黄昏落在双肩，夜月还未爬上树梢
星星，正闪烁着米粒光，胜似钻石
严寒击打我骨头的硬度，苇草不定
叩问十二个月有多少日子忘记过你?

依附于这条柔然的河

在曙色落入大地的早晨
小溪在山涧清唱。
脚底的河流向东不复。

岸上的秀色在水影里摩挲。
鱼竿总也钓不起宽肥的水袖。
烟波深处还有藏寨、密林
正赶上河谷里油菜花开。
绀青色烟雾里长着尚未成熟的麦子。
牦牛驮着远方的盐巴
走向暮色中的村落

银河透亮，偶尔有流星说出最后的遗言。
月亮酷似圆圆的苹果，适才被神咬了一大口。
水岸上有人燃起篝火。
这里几代人都依附着这条柔然的河。

在万象的高原，我隐姓埋名

西风起于神矢，寒霜撬动秋色。
在万象的高原，我隐姓埋名。

雪线以上我已忘却人间烟火。
在九天之远，追逐雄鹰的高度。
先是怀揣英雄大梦，逆水行舟
于巨石峭立的岸、于盘山路上把微光拾起。
如果秉持内心坚持的力量
石头也会长出生命的梗系。
而来袭的风雪，早早为我设定了疆场
请允许我隐姓埋名。

天水过境，风吹不落云端的鹤影。
格桑花开时半坡祥瑞。
我曾向天赊来一舱纯净的氧
赠予山谷里蓬勃葱郁的苗和秧
河上烟景，一幅婉娈倒影。

放下酒杯，我非但能背出古诗词

还能背起一座大山，行走
当落雪若冰石砸向粗糙的冬天
在万象高原，我已经隐姓埋名。
花开花落再与我无关。
花开花落都与我有关。

河流之鉴

那些让人欣悦的事物，是水韵曲歌。
那些托着天运杯盘的，是一河的妙曼。

有炉火的暖，嫣然承袭的魂。

太阳抚慰你，在你的心河里祈祷。
月亮依恋你，在你的柔波里轻摇。
高山俯身，照见俊秀与苍老
你是万物生生不息的链条。
翻卷的、躁动的，柔情的
都源于你呀——母亲河流淌的脂膏。

我颂赞这一河的奔流坦荡。
和美春光里，又见明朗山水。
河流载着长长的梦，蛇形向远。

相邀去太阳系散步

也曾常仰望旖旎星群，那里
是否藏着伟大宇宙的多重秘闻。
如果这时夜空是晴朗的
你是否在临睡前仰望一眼
面朝深邃夜空，道一声晚安
不管那晚有多晚。

附近的人工湖若一汪袖珍海洋
直播着银河两岸的车水马龙
凝望那些或然，相邀谁去太阳系散步？

用马鬃拽紧的扎念琴弦
弹跳出来的音符总有马群的奔流纵放
和嘶鸣。他忆唱先前马蹄哒哒的年月。
水浪击打着人工湖堤岸的冰带
这时，许多扇门还没有打开
有一对看不清面庞的恋人
在星群寻觅到一枚璀璨的钻石。
黑暗做了夜的囚徒。这自由的时间

虚实相间的时间

当晨阳照在兼程的马背上。

其实神山常披一件金色的大氅现身。

那一尊镀银的雪像

净土在落雪。
桑烟上升，一缕青釉的况味回环。
黄铜包裹的转经筒沿着太阳旋转，摇出圆的质感。
且转且吟，呢喃之声由唇边滑落的经文八度轻盈。

伴着晨风，啾啾、渣渣，叽叽喳喳。
河面涌出柔光，那定是中夜星座不眠的照影。
有人在浅水处打捞出跃动的夕霞，那定是
昨日兽皮裹腹的黄昏。

白露时采一筐雪花酿酒，神话从山上滚落。
风吹落叶磁磁滑过，土地上晾晒的都是丰收。
有些内容，你必须空洞，有些空洞由虚而盈。
有些人间叙事，热气腾腾，陪你茶余酒后。
眼见着雪花从云絮里纷纷出壳，欢喜
纷扬着从天而降。
秋水礼让寒天，冬在不断地追加。
不要轻易放弃任何一个山头
哪怕胜利遥不可及。

在荒漠上耕种，一路走来
你也在追求一种谅解。
手把四季，剃度流年。
弯腰田垄致敬秧苗，兼容垄上垂穗。
生活在行进中映现仓促的涟漪，在河面。

星星在河里扒拉了一整夜，没能游往对岸。
浅水处，所有的鱼群都在摇尾。
水寒为冰为雪，而冰雪更像一尊镀银的仿制品。

热爱

你不是藏戏班底的传承艺人
但能踩踏出古老的舞蹈，降魔除巫、也除妖。

你不是雅鲁藏布江畔的夜莺
但会唱也原始也风情的民谣。

我愿意和你一起，在此布局谋篇
看春来夏去，忙秋收冬藏。

怀揣寒夜，这枯瘦的沧桑

抱憾于丛杂错落
夏花陨没时观一湖盈盈秋水。
几粒栗色青稞，来自土壤颜色
一束哈达镀了一层薄霜，十月的土地上
降雨成雪。

在黑夜，不要低估一束光。
牦牛守候的夜，黑色不可动摇。
一束光可以摧毁黑暗的缺口
却不能让夜醒来。为剩不多的狂欢之夜
一条车水马龙的银河，穿湖而过

当记忆空场，你我拿什么慰藉心田？
一湖水总能融化掉一些什么，深埋的青涩之年

陨石雨下个不停
天空似一个巨大无朋的火炉，火苗星星点点。
看月亮的脸部腊黄。低头，篝火的墟烟正上
远去的背影像是夜月下未关的窗。

怀揣寒夜，这枯瘦的沧桑。

孤行的雨声，很动听。
晴阳之下，麦田之侧，雨后的泥浆慌不择路。
打开的经卷和晚霞一样橘黄。

这一杯为你而空。这一杯为你而斟。
临水形栏，倘使一切都若梦境
你我还能翻看当年苍翠的情书？

牧场曙色

太阳出浴前，云底一抹铁锈色
山，坐地接天
山尖流云，一个写生者的颜料被踢翻

蓝风，白羊，少年
草场，帐篷，远山
这天上织锦，是远行的五月云
是七月水色菀草的漫漶

黑帐篷旁的牧羊女，头顶飘过一缕炊烟

渡

狂风在荒原上颠簸。
太阳光翼下大野秋深。有语句盛赞其
有浅水任三千马蹄横渡
渡尽寻常，也渡波澜。

草原被各色花朵抢占，蜜蜂依旧忙碌
蚂蚁是一群杂役，把日子搬来搬去。
土拨鼠横穿公路。虹是雨后的仙。
经幡高挂于目光所及处，长风挪动神的衣襟
一条河的水韵曲，草草谱成。

鹰的翅膀带着我的咯血。悲风不存。
努力是一剂方药，经过煎熬
它能治愈被神否定了的运气。

跨上一匹腾越的马，在祖国的草原上驰骋。
黄昏时分回村，卸下马鞍及其负重。
端一筐草料喂养黑夜，也喂养人马的困顿。
取道树丛小径，摇落的树叶把往事折叠。
与河水互相面对，但，能否互相沸腾?

在水畔山丛

死亡也是一种诗意召唤

你的视界是新的，生活的地貌是多重的。
胸怀里依旧有崇山峻岭。
大雪覆盖不住热血。

沿途尽是无序的风雪有序的河
山形若巨兽，蹲在原地。
天空早已酩酊大醉
即兴的雷电，不吐不快。
堆积于旷野沙丘，是风的宿营地
是风的坟茔，也是
——沙的典藏馆

那一阙垭口是长路必经，在莽原
那一串幡旗是灵动的桨撸，在水畔山丛

坐在帐篷外的牧人啊，
端起青稞酒，仰起头一口饮尽
全部的苦难
全部的沧桑映在脸上，有刀刻斧凿之痕。

深耕

顶着风暴，命运在着陆。
风暴雇佣了更大的风暴。

从现在开始，着职业装，打卡上班
或者套上牦牛耕种，做一个世界屋脊的农人，
农闲时去城里兜售几筐农产品，间或网上直销
或者考一名公务员，朝九晚五
在商言商，在公廉政。
从现在开始，爬山，淌河，看日出日落。
爬山，就爬高山
淌河，就去涉猎命运的激流
哪怕河水过膝，甚至没去双肩。
从现在开始，饮茶，听涛
牵牛喂马，忽有风来吹乱华发。

我熟悉四月的油菜花和二月掐头去尾的荒寒，
我仰望山崖上一道白练，像女神银发披肩。
我看见九月的葵花十月的雪莲
它们皆归属于植物和花卉的旁系血亲。
从现在开始，不问秋色绚烂
不问春归夏去，把理想植种在高原。

沙丘是大风堆砌的时间

山风也曾怀揣燧石。
沙丘是大风堆砌的时间。

一首命运的序曲已谱成。
一个伟大的激流在拐弯。
望山，雪海成全了它的巍峨。
观河，巨水鼓起逐浪的雄阔。
风啊？这命运的猛禽雷霆般撵过。
这时，我要趁着雪辙未朽、继续
继续挺进命运的炉火。

端起命运的酒杯，我说几句。
我将失去金钱，但不失豪气、勇气。
你可以折断我的一双翅膀，但我仍有一道激越的心河。
终究
你也匹夺不了我的隐忍及其骨子里附着的血性。

藏毯

视域里的村落周边
油菜花像绚丽的卡垫
青稞苗是阿佳织好的绿藏毯

剪掉多余的线头
就像删去语言上刻为的修辞
甚或拔掉藏于田畴一株株杂草

青稞熟了，一幅年年丰收的场景
一转眼，藏寨落下了第一层霜
织就的藏毯胜过手绘的矢量图
织就的邦典，是阿佳穿在身上的彩虹

一棵春天的草树

任大风撕扯乱云。
天河啊，你统领的激流
在翻卷的泥浆中用力。
你瓜分山沙岩沫。你的痴狂在于
那江面上滚过的雷霆，继续
击沉无数次闪电拖拽的光耀。
天河啊，你起伏的胸腔血脉喷张
这水面上的新鼓，凭任九万次捶打。

对飘落的雪花报以微笑，并将它捧起
就捧起了全世界的祝福，吉祥、轻盈。
大雪落满庭院
我的心河安放着一棵春天的草树。

而冬天是一种温度，和
另一种温度的抗衡与对峙。
冬天的伟大，就在于它把一切
春的激昂、夏的喧嚣、秋的丰盈和落寞
把一切的色彩、一切的线条

一切的痕迹，统统覆盖，化整为零。
冬天的伟大，在于它的真实。
寒冷并不抽象
它僵硬的有形，它粗粝的无声。

在冬天简约的意象里，我在冻土坚冰上
即时默写下一丛绿色序章。

我问高天，我问塬上草，我问草上花
我问一万年雪的化石
我问头戴纯白荆冠的雪山
僧侣的锅能否煮沸世俗的水？
凡是先知，都能聆听到岁月的荡气回肠。
我捧起乳白雪粒，想象着它起浪、成河。
妖冶的雪。我问那片雪，我的仙女
你是那树上的扶叶还是天上虹？
你是那花中格桑还是山间彩云？

第三辑 斯人的跪拜

也曾问，谁愿与我与共，互为登山的扶梯？
漂泊是一只鸟划过的翅影。望向云天
念及故人时候，有些闲情便抵消了恨意。
墙上的挂钟，昼夜都在赶路
在时间的圈套之外
我们的头顶不光有晴空如洗的蓝天
还有晾晒的白云。
我们的土地不光有流水绕过的山川
还有牛羊，还有高低错落的屋宇
还有青稞穗、格桑花、人间笑声。

——《斯人的跪拜》

有曙光植入这方净土

谷物种子像祖先微缩的胴体
它繁衍出新的后裔。被牧歌唤醒。
我怀揣糌粑，编织羊毛焐暖的日子。
雪莲花打开表情。
这枯干的瑞草难道是我寻访的芷兰？

还是要有翻越群山的冲动
把湍急的流水揽于宽袖。
还是要有穿越丛林的机敏
闻听各类鸟雀的即兴唱韵。

那些光是旧的，那些星辰
藏有墨蓝的未知。
谁会为这蛮荒的空旷哭泣？
造物主的原意，是让曙光植入这方净土？
撤退是一把钥匙的归宿
有些命题只能在纸上阔论

柳树啊，你留在河岸的长发由谁去剪？
我的卓玛，这雕花的马鞍可否是你来年嫁妆？

一粒青稞是秋天的配饰

临摹秋意，但见古树香泪凝成蜜蜡。
太阳翻山以远，弦月划舟而来。
夕霞烟色抹有一道桔色的亮。

帐篷是草原的岛屿
雪山藏有僧房，它们能否庇佑周山？
一束青稞穗弯腰低眉，随风
它们是山的象形水的象形雪的象形
它们是曙色的引子暮光的尾声长风的叙事。
云朵是天空的配饰，山花是大地的配饰
一粒青稞是这个秋天最美的配饰。

草原以其生长把春天搭建

马上挥鞭，试图踏开一丛辽阔。
骑手有四方之志。雄鹰飞剩的蓝天
众鸟拼命地扑闪双翅
它们无力抵达，云霄以远。

严冬留有一页自白，寒风拨奏枯草的音键。
姗姗来迟的此刻春天
有人预约，有人傻等，有人快递
此刻春风啊，错落，复沓
节候挪动，草原以其生长把春天搭建。

背水的女人

这是阳光的力量
它能叫每一寸土地亮堂起来。

当大山收起最后一抹斜阳
那一束青色的飘带，就将整个世界裹紧。
夜，除了黑暗总能派生一些光
那是自然的心音，光明撕裂黑暗的刺啦声
浑然天成。

当夜卸下所有伪装，夜的旋律还是那样迷人。
我如何不去感受夜带来的柔静。
低头啃食草原的，有蹒跚的牦牛、归圈的羊
我把哈达紧紧系在旷野的牧歌上。

与寒风对峙累积成盛年的简史。
与时间妥协正成为入海的捷径。

从江边背水的女人，每天背回一桶水
把江上的千万朵浪花也背了回去

而她每饮一口，也就饮惯了江上的激流。
格桑花还未长大，岸畔是她沧海桑田的家。
而当屋檐被流云压低，细雨
就把她草叶一样的梦，滋润

羊群朝着水草的方向

风暴穿好鞋准备出门，它要横渡天河
它要去往雪山下的牧场，放牧。

青稞在抽穗，野草从来不停止生长。
牧人守护在牧场，守护着牛羊
守护一处完美无缺的风景
牧区的建筑物，有黑帐篷与白月光。

羊群归圈，牧场忽然静了下来
风，收束了它的风度
草原的黄昏油彩一样。

牧人熟知节候和风向
当风暴纠缠在草原，牧人祈愿
祈愿羊群找到水草的方向
祈愿分管节候的神
不要在牧草上敷压过多的冰霜。

寒冬

太阳出来了，很像迎面走来的老朋友
一副热烈笑脸。
而每一座隆起的峰峦，都头戴金冠。

凡在任何纪年，深冬的晨阳
总会给圣洁白雪涂抹上一层，金粉
不间断地焐热大地、川原、草木和人心。

山风吹得恣肆，纵有千株枯草
也常年偏爱曳摇的舞
灿阳如花，开在大雪禅定的荒原上
正在穿透零度的冰凌。

耕种在母亲河畔

一个宽幅的河流，徐徐形现。
极目眺望银色的水影
它有朝霞一样的澄净。
这条母亲河，冠以我永远深情而朴素的礼赞！

在一张 1 ： 600 万的地图上
我看见了她万千的根须，汩汩溪流在奔行

有人从河岸边的田地走来
他们种青稞，育油菜。
他们栽大棚，用光伏。
他们的双肩上落满灰尘，指甲里镶嵌着泥巴。
他们是与土地河流拧在一起的结绳

夏天在左，雪山在左上方。历史靠右
历史是由千万个铁环扣成的索道
千万双脚印踩成的一条路
千万只舟船荡开的一条河

耕作者也在耕种历史

哭袁隆平[①]

我在太阳下写下这痛彻的语句
我在小满的节气里闻听稻穗的号泣。
这夏日的离情这般匆匆，来不及
你来不及再看一眼田间的新麦和垂穗。

你是制造饭碗的人
你的饭碗永远都不曾空过一顿。
端过你的饭碗的中国人，都应该
为你大哭一场，哭到泪水殆尽。

走过四季，你是最美的秋天
当中国一夜醒来
大江南北的稻谷已然成熟
你是中国的厨师
当中国一梦醒来
你就做好了一个民族的早餐
和一日三餐。

① 注：2021年5月23日，是袁隆平院士的告别仪式，作者为悼念他而作，写于西藏。

你捧起中国数十亿人的饭碗
退而不休的你，正穿行于稻穗浩荡的田间
你在土地上栽种光焰。
在岁暮之年，你以九十高龄
不倦地刻写“民以食为天”的巨幅牌匾！
中国是你一生的考官
你在风雨中答辩稻花纷飞的论文、试卷。
一身布衣的你，正是知识分子的千古楷模！
你以傲岸之身撑起天下粮仓的布袋。

今天，南中国的水稻
和北方田间的小麦，甚至青藏高原的青稞
统统列队为你送行
向你深深地鞠上一躬
记住你的无私，仰慕你的伟大
这是久蓄于怀的赞叹！
你是八亿亩土地上的光源
泥土里你和种子把目光交换
你的田野情结犹是葱郁的稻田。

你的一生都在为中国的水稻，抽穗
你的压卷之作正是一粒饱满的稻穗
你崇高的理想便是中国远离饥饿。

你长眠在水稻摇曳的五月
你在风光殊异的景致中灿然地睡去。
千万亩飘香的稻花，将你的安详
你的笑容紧紧包围

白月光

铺在水上，这月光疑似雪的胴体
又像是，风前飘迎的哈达，束束帆张。
未被蒸发的留白，闪着细碎荧光。
月色妩媚，搅动一河水的流向。

山风永远在赶路
背着雪的群山，在呼喘。
遍野枯枝挂满霜花
在子夜，白月光多像一匹新织布
展开来多么阔挺
山如剑，原野似水，水银白。

泥土翻来覆去

墙上的钟表像一个磨盘
把时间划着圈。
太阳是圆的，月亮照抄太阳的光。
地球总归也是圆的。龙卷风是螺旋形上升的圆
但，它的心里暗藏着齿轮般的诡异。

当经幡飘成远山的五色云
当一棵树上传来乌鸦的喳喳叫声。
我醉卧在青稞酒流淌的晌午，把泥土亲吻

日子在重复，泥土翻来覆去
雨后的犁铧刚染上斑斑锈迹。阳光和雪
养育着村庄的歌声、笑声和袅袅炊烟。

归鸟

一条河被凿开，河水存有流淌的日月。
一株丰饶的水草，像山里的民谣
归途之途，佩一把藏刀。

离开居住地，我才知我
就是一页蘸着金汁书写的母语
翻开户口簿，我才知我
就是一册被祖先吟诵过的贝叶经文。
黄昏落尽时，头顶飞过一只无处栖息的归鸟
无处栖息时，我的灵魂是浑浊的
既使纤弱的鸟，也不放弃飞翔

空白

满天狂雪时，有谁以为它不是神吐的辞章。
大地一片空白，除去一阵风，其余，无余。
白莹莹的雪是从天父袖口逃离的。

大雪将虚空填满
流云和山头熟睡的雪，一样雪白。
大地上的积雪，总是展开一幅平静的表情。
这场雪终于让这几座山挽回了一些颜面。

将向春天

这是早春三月与二月分道扬镳的时辰。
有小岛躺在水中央，河水唱着歌，走远。

在自然山水中，在绿草白雪间
人，永远是配角。
别不服气。

将向春天，万物葱茏尚待时日
将向春天，闲散的风还有很多座山要翻。

树木是河流的偏旁

满地落叶做了风的行李。
子夜，一朵云漫过月亮。
云在寻找，雷雨交加的地方。
从一袭白衣化雨成雪，实现云的完成式。

头顶纯白山雪，俯身冰寒季，在二月。
一道微光篦穿我黑发的密丛。我与黑暗毗邻。

树木是河流的偏旁，一盏酥油灯身披春光

运帚在世界最高的城

白杨伸出手指，向天空索要什么？
冬天还未在河谷坐稳，有人就在路口
等一场春风，列队摇旗。

在文字里行走的人，也许刚刚熄灭彻夜的灯。
而城市街头的清洁工，她们就是早醒的神。
她们借着弯月的残光清扫街道，好比
众神运帚在世界最高的城。

无论秋风冬雪，也无论夏雨春寒
和送孩子上学的父母，和卖早点摆摊的个体商户
和早训的战士们，和所有赶早的人一样
她们是最早的那一拨。

酝酿

起初天上无云，一会儿就游来几朵
停在屋顶，和炊烟插肩
风还在远行的途中，现在是上午九时
树梢上多么静，鸟儿们落入地面觅食

燃烧的太阳是否只是我们头顶的灯具。
我在屋舍前，看到了树荫下那一丝亮光
也学着麻雀，落入地面啄食。

有人从一排树下走过，鸟随即从树杈上飞走。
这时风来了，云也积攒了满满一湖
不知是从喜马拉雅的哪个山口赶了过来
兴奋地，它们准备着下午的现场办公
——制造一场雨。绝非演习

借

那些冰川，长在雪海。
而有人试图，以冰的硬度交换水的柔和

瞬间风让我们的心绪瞬间轻盈。风即音乐
也似刀剑。工友们把酒倒上，酒盅里的月亮还活着。

孩子在老家。我们夫妇这些年一直借给了喜马拉雅。
我为城镇盖着一栋又一栋新屋
但一做梦还是梦见乡村遥远的家
她是一名粉刷工，每天绘着不同的各色画。
复复年月，她把她的世界认真地涂鸦

我们看到一些现象，有点惊讶
有的人，把一锅洗碗水倒在画布上就拼成一幅画
有的人，作品发表之日就是作品死亡之时

耕种山乡的人

被树影裹着，一爿旧屋与新居
或者可以这样讲
那里还有一口将要废弃的水井。
咳嗽的阿爸立于井旁
身躯比井架上的旧木头还旧。

散落在各家各户的牛
陪伴着像阿爸一样的农人，耕种了
几十年山乡。阿爸和牛都已成为配角。
村子里的壮年人和他一样，都在应接不暇的远方。
惦念着院子里奔跑嬉戏的姐弟俩
牵挂着慢慢老去的爹娘（不时缠绵在病榻上）
女人的双脚浸湿在泥水里，半晌
邻居家的年轻女孩拖着拉杆箱
上车前回头望了一眼身后的方向。

多少脚步一次次出发、归来
乡村的路真像激流奔过的岸。而城市更像一艘船
当黑夜散去，几个挽起裤腿的中年农民
又一次迎着彤红的早霞，登船。

牧草长在云朵上

这里每一寸草地都高过四千米的高山
这里每一沟河谷都是高海拔的云地
这里约等于云端，牧草长在云朵上。

云端有我的草原。云端有我屯垦的田。
我耕牧于此，牛羊和青苗一起生长。
雷电催生暴雨，想必天空在大声说话，大朵流泪。

那溪水，是岩缝里挤出的泪。
河面安静，无数条皱纹爬上额头。
植物的梗茎，如是刚刚发芽的云朵。

耕牧于云端，我看见寺庙坐在山的心窝上
我闻到了燃烧的香柏。
虔诚是把群山举过头顶，
善良滋养着心中的蓝湖。
走过的脚印先成炊烟，后成花朵。

秋天是富翁是藏无尽

霜降未降，山已白头
秋草的鬓边挂满银霜。
草原之远，别一派枯草茫茫

我曾躲在远离风暴的巢穴
留恋蝶飞蜂舞的花池。
我想做一潭死水里的微澜，
我愿意是卧在礁石旁万丈水烟的绝响。
走过风雪笼盖的连天衰草。
我愿以骑士的风度，打马再过山岗。

把丰收的金钥匙交给秋天，就像把蜡烛交给夜晚。
一道门虚掩着，我的天空，仅我一人独坐。
我的草原，愿它无边的宽阔。

向大地借一墟荒丘
试着掩埋人间蝇营狗苟。

踩着落上繁霜的丛草我如何俯察炎凉人世?
静看天河难辨云水，这般的两两苍茫。
秋天是富翁是藏无尽。

山谷的晚妆

山谷换了一套晚妆，秋色登上论坛。
秋，把年轮的纹理刻满。
秋，唤起了我诗意的匆忙。

叩开一扇虚掩的门，秋天多么寂静。
镰刀抚弄出一些声响
音弦里藏着某种杀伐。
万物谦和，人间接受大地许多馈赠。
秋天长满麦穗，田野像一个富翁。

也曾束手无策地承认
秋天，除了树叶沙哑的清唱
已经找不到多少新芽

锦图

秋天的风写意地刮着
刮不走姹紫嫣红的往事。
那些个青翠日子，它是北国惊蛰的嫩芽
长成初夏的叶子泥土里开满艳丽的花，它是
南国春分细雨，仲夏的划桨，秋月的钱塘。

地上树叶沙沙，窗外已起风，风过
大树已经掏不出多少状若叶子的草稿
秋风涌动丕变，表象之外，嘈杂未散。

怀抱一把衰草，像一幅蓝图、锦卷
在每一张锦图之上，简述它们的色泽。
天的蓝，湖的蓝，河的蓝，梦的蓝。
神圣光环转动的蓝。雪山之银白，羊群之白
大白菜之翠玉的白，雪莲花的白
哈达之莹白，大地之苍白

赢得万物，赢得梦的蓝和水乳的白
夜凉时添一把薪材，在炉中。

施工的图纸上看得见风吹草动

像一棵仓皇的乱草，刮向冬的纵深。
根系连着大地，树梢直插天空。
秋天是季节的折叠与展开。

此刻，一幢酒店即将开业迎宾
施工的图纸上仍看得见风吹草动。

百卉归隐而惟见菊花。
一个年老的门卫，守着门也守着萧瑟晚秋。
与哲学般的灵魂质问拧巴了许多年
这时候他一声不吭。
婴儿们早已入睡，倚着小区不锈钢电动门
他在倾听天外及其地心的妙音
那是地球的婉娈之音。

定结宗堡[1]的密码

城堡恒久，湖水安详。这是
从水里长出来的一廓屋宇。
身旁的湖，是神递过来的一面镜子。

湖畔，那些牦牛像是地上长出来的
黑紫色灵芝。
山坡上散开的群羊
犹如大朵大朵的雪莲，盛放。
迎风而行的牧羊女，
多么像一枝质朴无华的格桑。

城堡恒久，湖水安详。
湖畔有儿童戏水，三三两两。

① 注：定结宗，定结宗是旧西藏噶厦政府的办事机构,始建于十七世纪,距今已有300多年的历史。

肖像

望着晚夕薄暮，忽然念及
和匆行岁月一同渡舟的伊人。

能否从彤红云彩，看到某些端倪
从二月冰凌顺过去，能触及六月的雨滴

一瓶打开的红酒，静守着异乡月色。
思念在千帆之外，浓得化不开。
无边的麦田，只剩草垛和遍野的刀伤。
我立于这黄昏，穗穗无言。

有时回望，能遇见微风掀起绸缎
河水揉搓着细碎金阳。
也曾坐在初夏草地上
太阳火辣，麻雀落在附近
你也在我的身旁。
家谱上的曾祖父，早已锈成铜像

仰观，瀑布悬于半山
俯首，田亩泥土都坐下来歇息
蝶羽和鸢尾花，幻化成草木的标本

斯人的跪拜

第一次撞上世界屋脊的雪山
曾脱帽致意并且合掌，肃立
后来时常行注目礼，予其一份素朴敬意
在雅鲁藏布江上游，也曾匍匐在地
长跪不起，跪拜祖先饮过的惊涛水岭
跪拜喜马拉雅
——这一道高天流云

不是险峻山谷找到了我的倾听
而是我遇见了大江吞吐的胸襟。
这条江有一种直指人心的纯粹，及其浑厚
无论雨幕山形和雪中水势
无论时间如何淘洗
它都不减蓬勃的远古遗风。

我攥一把衰草，俯身垒砌几枚玛尼石
黄昏时候我问：今晚，我于何处安眠？
听到流水悦耳的音频
低壑处漂浮着一层星月的浅白

还有 M 形伏动的山脉。
银河两边的星星仍在下棋
月亮像一个举着灯盏的裁判。
镇上有一家酒馆真吵
有人借别人的樽，浇自己心头块垒。

试着用错乱指法弹奏，熟悉的流行曲
让琴音冲刷掉河岸上的一撮陶土。
渺远的心绪常常被概念拖累至今。
如果，如果你是云端巡天君王
那么我就是江流之上的臣子。
如果你是帐篷里镶满铜边的铁炉子
我愿做草原上捡来的牛粪，献上
冬寒岁冷一苗火焰深情。
如果你是与江水订约的盟友，那么
我愿是斜阳把你染透，任风掀动你如水长发
浅黄，银白，翠绿，淡紫，靛蓝，青幽，粉红。
虽七色发丝融入一体
但仔细辨认都能一一捋出，端倪。

当岁月逐一逝去，我仍在月色下徜徉
寻觅早年的美学抱负
旷野上的沙尘和屋宇上插的旗，最先

是由风找到的，它给人以某种提示
秋色接受万物的馈赠，这浓烈的霜意。
也仿佛，魔鬼和天使互换眼色
火焰吞噬恶魔的影
低洼处的锯齿草仍在霜风里悲泣
高高的山茆，它何以忧
一场大雪却让它一夜白了头。
天上独剩流云和平行的鹰
与谁叙述疾风？太阳曜升，我们耕种
一边是足迹重叠，一边是月光下的留白
写就了烟岚云岫，柳絮旖旎。
大雪飘在二月十九日
这一骨朵花卉，止痛也止泪。

也曾问，谁愿与我与共，互为登山的扶梯？
漂泊是一只鸟划过的翅影。望向云天
念及故人时候，有些闲情便抵消了恨意。
墙上的挂钟，昼夜都在赶路
在时间的圈套之外
我们的头顶不光有晴空如洗的蓝天
还有晾晒的白云。
我们的土地不光有流水绕过的山川
还有牛羊，还有高低错落的屋宇
还有青稞穗、格桑花、人间笑声。

历经所有悲喜，该有一份纯然记忆
所有的慌乱正被时间挟持
所有的灯盏，没有燃不尽的光明
所有的扑朔迷离才配得上那么多欲言又止。
在光年般的呼唤里想到故乡的云罅
我就不愿在他乡的眼中奄奄一息。
所有的无地自容都源于，我举鞭时
已经不再听闻哒哒的，衣锦还乡的马蹄。

铁匠无暇和你闲谈，他按住彤火的胚料
在砧板上把一个上午的日子锻造成形。
褐色荒原之上，羊毛纤维织成的氆氇、莹白。
右臂未裹的喇嘛眺望寒风
山洞里的壁画，酷似老去的神。
水中影动的柳叶，一石即散。
被拓印的碑文，被整理的遗稿
那一道橘黄莫不是高原堪比黄金的大狮草？[①]

潮汐之上，已无它途。
掩卷而思，好一个人世荣枯
端起这碗青稞酿出的新酒
把往事生生一饮而尽。

---

① 注：大狮草，多年生草本植物，只在西藏部分地区生长。藏族医药学巨著《四部医典》收录其中，药用价值极高。

呼愁

潮汐涌动，一部长卷抄写下辽远的呼愁。

寒冬从天而降，雪花掩埋不住枯草的暗香。
请借我一双飘逸云袖，我回赠其雪花万朵。
那风来得率意，如一群脱缰野马
打开一沓捆扎的狼毒纸，研墨握笔
草成臧否世态的杂谈，或者打油诗

天宇之上鹰翅卷跌，铁流茫茫
旧墟的钥匙被风雪深深埋藏。
我以适度言辞修补风化的土墙
时间的沙场上也曾一派旖旎。
伟大的造山运动，始于力，成于光。

筚路蓝缕的一群人，奔赴阔越的上方。
天河藏有漩涡的授意，群山不改其禀赋。
世界起风了，造山者也造地狱天堂
我是呐喊在远古的苍生
我在化石的棺椁里万年悲鸣。这边疆域
安放着巨石——巨石之上神鸟群集。

一场大雪压在五月的日历上

顺着窗口望过去，一扇云做的门，紧闭
这个下午，纷至的雪花从荒原上涌过来
一场大雪压在五月的日历上。

半夜醒来，外面的雪越下越大
街灯周围似有无数飞蛾扑火。
进入睡眠模式的城市，能听见
向北的年楚河哗哗流过。
翻开的英文小说丢在书桌旁
其实书里面许多人物也未安歇。

翌日，有神祇手执曙色，东山泛白。
西北偏西，一根树枝挑起一弯月牙
像举着废墟上出土的一把银色弯刀。

被雪掩埋的碉楼残堡也曾歌宴繁盛
有出土的锈剑、石刀和银钱。
雪霁日开，暖雪正在融化。

在八廓街甜茶馆

与你，在八廓街甜茶馆相遇。
后来，我们挪到靠窗的一侧
一边喝着酥油茶，一边聊着往事。
阳光懒洋洋的流淌在这个下午
百年古柳的树结像一只眼睛
在窗外瞪眼看着我们无所事事

偶尔有一枚叶子，甚至更多的叶子落下
我的目光随着它的轻盈，落在大昭寺门前
一片光亮处。跪拜的人，诵经的人
有的在香雾中闭目，有的喃喃自语。

有人将至，有人离去
焚香在上升，若云，喧嚷未息

不久，我告别拉萨
路遇一牧人怀抱羔羊，还牵着一头小牛犊
我目送他向自己的村子慢慢走去
我也一步步迈向更远更高的雪城

那一川黑白相间的牛羊

他们黑色眼睛似在洞窟点燃酥油灯
童音飞起，惊落叶子上晶莹的晨露
天空忽然急雨，瞬间只剩一片空地
他们一如迅捷的高原风，踪影全无

似乎有只无形手掌，正把融融冰雪
拽往深谷，润泽沿途野草田畴油光
遍野的点地梅紧贴大地，词颂早春

崩塌的雪，倒向山崖滑入自己墓地
有些冰雪醒后，已镶嵌于山的肋骨
冬日落羽，天空薄云曾是她的母腹
牧人守护的草场有黑白相间的牛羊

策马年楚河的源头（组诗）

崇巴湖，年楚河的源头

大海停止之处，这躁动着的一汪湖
突围之后，落入雅鲁藏布江的激流
下游的耕牛和犁铧都把你奉为高天
百姓以两岸涛声为地心，也从不违天

我把你想象成大海，而把我自己组合成
一叶舟楫。在你的面前我除了放怀长梦
也会躲在亭台下做一番沉思
从此岸到彼岸，那么近也那么远

走过边境线上的达日村[①]

羊群像大海涌动着，白色的浪沫。
黑色的牛，晃动着滚圆的身躯
像大地上泥浆翻腾

当牧民的帐篷里飘出，早晨十一点的炊烟

---

① 注：达日村，位于西藏康马县中国与不丹边境村。

一个男孩站在路口，宛然一尊小铜像。

一个男孩儿站在路口，脸上的泥巴
和手中的碗，装饰了一望无际的大草原

秋天的“嘎姆果日”青稞

鹰翅掀动着蓝天，翅影游荡在草原
阡陌之上，青稞守着村落里的日子
年复一年

拔节的青稞穗，直指蓝天
当它把头低下去，才算是真正的成熟

车过康马

当夏风吹拂，当太阳灌进衣领
当时间漫过年楚河的堤岸。我看见花儿睡了
复醒时阳光啃光了她指尖的露珠

车过康马，雪山下青稞穗依恋着油菜花
车过康马，走过英雄血染的土地
乃宁寺回荡着血战到底不屈的喊杀
少岗摩崖石刻，历史与现代一问一答

车过康马，一国五县都是我东南西北的朋友
都是我眼底的风景，都是我旅途上的家

卓木拉日冰川[1]

有时，你坐在我面前，仿佛坐在千米宽的
那面湖的对岸。你坐在湖的对岸
垂钓着云影和金阳，一如坐在我的身旁

你一袭白色云裳，美或者绝美
颠覆了我对于冰雪的全部想象
亿万年的沉积，那面湖是你的心
是你的眼睛，你蓝色的大门。

你连着大地骨筋，你立于翠玉楼台之上
你昂首于天地之间，你貌似一株又一株冰草
重重断崖，你是太阳未曾饮尽的凝露

肃立列队，你是丽日下虚拟的三千迷宫
你是童话王国里的一幅抽象画
你是岩石上的锐角，你是蔚为壮观的雪的瀑布
那一条清莹的溪流，却是你偷偷流下的眼泪。

① 注：卓木拉日冰川，位于西藏康马县中国不丹边境。

卓木拉日冰川，我对你情有独钟。

有人说，你是冰川纪的后裔

与风雪共生，诠释了我对你全部的忠贞

第四辑 草原的叙事

借我远方，借我风雪茫茫
远方，可以饮马高河，鞭催沧浪
远方，可以煮雪牧羊，荡气回肠。
从微醉到大醉，醒来时有人劝你举杯
一饮日曜，再饮天广。

九月的送别，马蹄踩着白露。
惜别江畔落花，雪霜最难书写。
万花尽谢，惟有菊与雪莲吐香
你来时我与你相见，端一碗青稞酒双手敬上
你走时我与你相拥，扯一朵白云给你系上

——《九月的送别》

西望羌塘

一丛绿，正在被风雪包围。
注定，她不敌那些垂涎者。
羌塘残风，挟裹苍莽的瀚海。
太阳是砍向冰山的杀手，而月光漫流
一朵玉质的云，层腾起羽时
一半泼洒在荒莽凸岭，另一半
扑向你我的梦境

天空的雨夹雪，下在藏北央央湿地
游弋白云绝不是蓝天臣子
不是仙山神女，也不是牧羊女新裁嫁衣
在孵化新草的冻土层上，搭一顶旧帐篷。

再西望，曲行的车影瘦长
天云地草，握紧无穷的远方。

羌塘，我在呼啸的火车上遇见你
那山那水那风，那一种空旷都在倒退

车过那曲，一城意象半河水土
风吹旷野，有藏羚羊迁徙弄舞。车子呼啸而过
惊动了谁的篝火宴饮？一群草原上的神

将黑夜用柳条筐装满

有一种苍茫你无法形容
有一片水域你无法泅渡

暴雪越下越大，谁是雪塬上的不速之客?
一脚踏进第三极，我看见神的眼泪冻成冰川
有人划燃火柴，将黑夜用柳条筐装满
看见了吗? 那条河流穿过一座石桥
在子夜，像祖先的精子游荡

山谷峭石，落座的众生
长风歌哭，风为乐队首席
晴朗的日子也有忧伤出没，坏天气也有
值得我们记下的幸福编年史
孤山之上，谁在摇动太阳的光轮?
暗夜之怀，必有醒来的晨曦。

九月的送别

花谢，残夏茫茫?

九月的衰草，纵情于自然之章。
风，号哭晚秋的繁霜。
涧水微凉，游子的步履略显踉跄
叶子在追逐，千帆浩荡。
漩流吞咽月光，风把沙漠哄抢
牵牛花及其更多的花卉都已枯萎
山谷静寂，草雪同域。
剑鞘里睡着远古的寒光！

借我远方，借我风雪茫茫
远方，可以饮马高河，鞭催沧浪
远方，可以煮雪牧羊，荡气回肠。
从微醉到大醉，醒来时有人劝你捉杯
一饮日曜，再饮天广。

九月的送别，马蹄踩着白露。
惜别江畔芦苇，雪霜最难书写。

万花尽谢，惟有菊与雪莲吐香
你来时我与你相见，捧一碗暖心的青稞酒
你走时我与你相拥，扯一束哈达给你系上

幡旗厮守着民间信仰，一语旧邦新命的意象
六字真言，在转山人群的唇边曲歌悠扬。
远行的人儿早已走远
送行的目光还拉得很长

今夜，藏乡的灯火将无处藏身

炊烟从屋顶弥漫成白色鸢尾花
斜阳还未落尽，余晖像涨水的大坝
回头之间，淹没了远处山尖
适逢晚炊，村落见不着人或人影
但，我能感觉到每一家人温暖的团聚。

年轻的牧人尾随着羊群，从草原上折返
像波澜不惊的湖水
羊子们向山坡后的羊圈走去
炊烟消失时他们还未消失。

谁家的狗奔走在篱笆围挡外
水池的亮光沉入水底，黑暗慢慢溢了出来。
许久，一轮圆月吊在山顶
今夜，藏乡的灯火将无处藏身。

中年人的梦在火红年代里穿行
走出村寨或走向邻县、外省
和他年轻时走过的山路重叠。
青少年的梦总是在抽象的点缀未来。

借我远方

然而，什么都是借的，那么，我们拥有什么？拥有一些罕有的思想，拥有一双植种青稞的手和并不透明的心，拥有追寻的乌托邦……

借我远方，借我一个空空行囊
行囊里盛满如雪的糌粑，也盛满沿途寂寥
由它相伴着西行，北上
借我远方，借我牧羊阿佳如茵草场
岁月藤蔓编成的牧鞭，音响悠长
以云为岛，放牧一群黑白分明的牛羊。

借我远方，借我细浪如年楚河上涟漪微卷
借我南迦巴瓦大峡谷沉石翻滚，旋流激昂

借我远方，借我拢聚万水的江
借我尽阅千山的雪，借我雪线以上的物语
几十年穷形尽相，任其紫外线熏黑脸庞。
从王朝遗址读出时间的沧桑。
冰川如雕刻的琉璃，乱石丛中狼毒草疯长

纵然西海淹没了落日，但，还有伟大的乌托邦。

借我远方，借我半筐牛粪一顶毡帐
借我那些捧给星月的贡品
借我一件御寒的氆氇大氅
借我人神共舞的雪映大荒。

我宠爱这平野的青藤

读弄自然心境，在四时。而心的轮廓
相当一部分灿颜褪色，愧于衰老所致。
结庐西藏，常望神山，偶尔住住帐篷
牧羊、捡牛粪，领悟人间万端心绪。

灯下翻阅，把厚厚的书读成薄雪
常和智者彻夜切磋，对话，有时灵魂在厮杀。
向神祇借来纸和笔，梦中写下有牙齿的文字。
写江天风云也写晨昏流水日子。
趁着夜色，牵上灵魂辗转一村一镇。
想得到的可能，却是看不见的忧戚。
翻捡过往随笔，大江小溪陶尽千丛万事。

我宠爱这平野的青藤，落雪无音
我迁就于这一方山谷世界的匀静。
雪域风在干草丛里，舞步略显僵硬。
有人披一身僧袍，背对朝阳泅渡彼岸。
有多少条水系前呼后拥。一爿枯草地
生生喝饱了肚皮。是百草的胎盘

是来年开花时候，生命周期的既定
我宠爱这平野的青藤，勾勒了形象
便也抵偿了唯美。自杀的流星

草原上只剩一幅油画

雪莲花最美时，不是她含笑风霜的英姿
不是她的鼎盛期。而是
她那最后的凋谢，才是最凄美的死。

借问春夏，草地上河岸边繁树花海
至秋，清丽的花影可否还在?

枯叶静待来帚。我拿诗情点燃秋草
铺开秋天布料，写生焰火彤丽的素描。

面朝草原，风吹成瀚海。
如果你是夏日云朵
那你就生一场雨水喂养一丛庄稼。
如果你是风雨过后的赤光
那你就做一回千华而明丽的七彩虹云。

秋云驮着秋雁南归，给渡河的船加了起锚的鸣号。
谁说峡谷哭泣的江河不是伟大的绝唱?
谁若伸手向江河索要银两，问一声江水

问它愿否驮一船的贪婪，渡你。

空谷之内山水多色，云絮不老
当彤云现身，这雪山就裹上一件旷世花袍。
给大地补妆
——深的颜料，成熟的色泽，典藏的美。

在花丛看蜂蝶采集花蕊，就像看动物世界。
在田埂上看蚂蚁搬家，就像看连载小说。
在黄昏喂马，草原上只剩一幅油画。

银碗里落满了月光

炎夏，太阳从不打伞
月光浴，是从发绺斜倾的二手阳光

假如你是一蔓山林，我愿在你的浓荫间
踱步、思考，听风，听鸟在雨后鸣唤。
偶尔从密林中窥见，树影刺穿了
有人踩碎丛草上的露珠，采挖新生的竹笋。

假如你是一地新麦，我愿意是雨水和光
助你长成颗粒饱满的千穗万穗。
假如你是一河柔水，我愿意是一叶扁舟
在你宽阔的胸膛，在每一个渡口，横渡

秋天从炎夏走来，夜幕垂落
你把一只银碗搁在靠窗的桌子上
还没有来得及斟茶，碗里就落满了月光。

敢与太阳在一个轨道里厮混

头颅早已被砍走。仅剩孤傲的躯干
一地厮杀的悲壮
但，它仍不失兵士挺立的胸膛。
遍地残损的向日葵，衣缕褴褛，满身寒霜。
那躯干就是它铮铮的傲骨
啸吟的风正是它最后的绝唱。

高原的向日葵，给太阳指过路，给月亮守过夜。
雪山打量它，还是一副菩萨的脸。
高原的向日葵，是斗士。
它的一生以让出头颅为荣耀。
敢与太阳在一个轨道里厮混
敢与秋霜抗衡，抗衡到万物肃杀殆尽。

河流使我这样沉思

浮盈浪沫的河道，有几截飘移的腐木。
并不久远的故事
像一弯月，游荡在沉静的河
如一场雨，聚成水的辞海

时常局限于江堤无浪，故事平淡
狂风刮不走我的征袍

河流使我这样沉思，在湍流中采集标本
分辨出水的狂狷，以此呼应它的汹汹墨迹。

修行

这时候，摧毁苦难的拳头才刚刚用力地举起。
山脊上赤裸着青铜般的肌肤。
冷雨压迫的辙痕，通向哲学家的马厩。
坐在水岸看嬉戏的黑颈鹤，那一束飞天的云。

毡靴踏破乱草，不脱战袍。
在世间修行，铸剑，对弈。
我不要他们殷勤地将酒盅倒满，绑架胸中的五湖。
我不要占有太多的布匹、草坪和烤肉
只要饭后三千米踱步，和阿赫玛托娃的《安魂曲》。
修行在世间，我只想拥有一穗青稞
格桑花未枯，霞光满怀。

读吐蕃史

如你所愿，神殿的门被推开一扇
另一扇，半掩。

盔甲虽破旧，但热血一点就燃。
战争的焦土上遍布苦难
遍布苦难的焦土也是培植仇恨的沃土。
伊始，英雄原本就千古无名。
英雄的胸腔里不光藏有热血、正义
还有一碗滚烫的酥油茶、酸甜的青稞酒
还有举杯共饮的，和平。
和平是永不过时的磋商
战乱最终嫁给了和平。

有多少这样的清晨，望得见山雪丘草。
有多少缩水的黄金锁在历史的保险柜。
如果疆土之上和平的陶罐碎裂
那么迷人的落叶，将燃起又一缕烽烟。

有些战乱是无法变卖的遗产

包括马蹄、箭矢和盔甲。

有些苦难是新的光辉开端

受人类文明史的拥抱、承续和照看。

春雪圣洁

夜散尽，白雪堆上眼眉
好一个干净乾坤。
世界以童话演绎绒软的空灵。

像炊烟起羽，新柳吐絮。
像枝头梨花，湖畔白鹭。
人们陶醉于这一场春天的瑞雪。

坚硬的冰，水的心头结了块旧疙瘩
玲珑的琥珀

春琴不啻夏梦、冬雪负了秋韵
后来的雨点是春天积攒的泪。
雪还在下，本应是淅淅沥沥的春雨。
雪还在下，它试探人间对一场冷雨的耐心。

大雪染白的事物

大雪安静地下着，也把行走的事物染白。
雪花像天外精灵。
生发万有的大雪啊，煽动白色蝶翅
在水面横渡石桥，嬉戏江涛。

冻土是大雪的祖父，泥巴才是江水里的肉。
狂草江河的人，笔尖蘸着激流；
誊写暴雨的人，握笔的手常被雷电触碰。
这座桥酷似一把天然石琴，
可否鸣奏出纯然的空谷之音。
曲谱由雪花构成

冬天若果无雪

连日瑞雪，地上纯白蓝天且灰
馈赠的继续馈赠。
鲜活的雪片，堆成童话里的雪人。
这雪，给粗糙的冬日平添了一份神韵。
冬天若果无雪，这深深的寒意与谁共度？

走在雪的泽国
靠近峭立的石岩，靠近一爿堤岸
听山风穿流也听铮踪水音。
杨柳树枝摇落了一羽冬雪

无论雪花溅起浪花，抑或浪花呼应雪花
我都遵从雪山的定力，我都因应河流的率意。

雪后初霁，芦苇甦生
雪停了，阳光铺就一层米色的绢帛。
我站在另一个高度之上，远眺
一匹马踩着满山的白玉，无声而过。

雪的系列作品

此刻，我也将一字不提，关于攀登。

有一种伟岸是山峰的绝版。
皑皑雪峰，那使人恒久仰慕的庄严。
在途中，胸腔里才会涌出句子的凌乱不堪。
皴褶的江水濡湿了纸上写下的，荒凉命题。

山在我的眼里是一种高度，
是岩石与冰雪的相互碾压。
它排列出雪的系列作品。
它是灯火对于夜色的许诺，
是高山之迈允一袭流水的合和。

在真正的山峰面前，
我尽量和水并排而坐。

在婚姻的岛屿上

一朵云，蓝天上的岛屿。
婚姻就像一个岛屿，任咸咸的海风蚀啄。

当他们挽手共铸爱巢。
且问：婚姻的山路该有多远的行程？
而婚姻的原文，本就布满许多理论的破绽。
虽如此，它依旧盘结着温馨底色
坚贞的守护是它的遵从。
执子之手与子偕老，这誓约多么纯粹。

爱情正在冒雨行进，而婚姻
是一起穿过暴雨共赏七彩虹。
黑暗也是一种色彩陪衬。
婚姻的路径，他们更像一位不惧怕黑暗
不惧怕风吹雨淋的——年轻的爱神。

有人把爱情与婚姻从理论上缝合从实践上拆解。
初为人夫，初为人妇，他们以深情凝视
共同书写忠贞的——婚姻简史。
筑造婚姻大厦既然抽离了梦境般的因为
也就夯实了共同奔赴的所以。

他们是和神握手的人

在山的脊椎上行走，观河，听风
每一股清溪都有无数种流向，且匆匆
每一座山头都有无数种表情，被拓印

耸立的群山有不衰的力。
攀岩者登上的是命运之船
脚下不容闪失，心湖蓄满信念。
他们与暴风雪抗衡，他们撞见过星星。
他们是翱翔在云端的鹰。
他们是和神握手的人。

俯瞰山下，一派环宇的雄阔
独有九万里风雷过境。
他们追求一种精神向度
他们灵魂骚动，他们向死而生。
这是力与力的组合、光与光的交错
更是阳刚之气和阴柔之美的和合。

攀岩者自有一幅雪染若神的气宇。
寻常烟火的每一天，我们何尝不是在攀岩。

一堆篝火，黑夜里的一块补丁

以路为家的人，更安于行旅动荡。
荒野之上，飒飒的风正列队过境。
旅行者打开车灯，视线伸向远方。

成群的鸟雀躲在大片低矮的野树丛。

牧民的马背上驮着风雨，和月色。
傍晚归圈的牛咀嚼着黄昏余温。
一堆篝火，黑夜里的一块补丁。
旅行者入驻村寨，正赶上藏地节日。
青稞酒从牧民的银碗里溢出，
声可裂帛的锅庄舞，舞不尽草原趣事
舞步也一阵跌跌撞撞。仿佛脚下踩碎了汪洋
狂欢过后，黑夜不知所踪。

一把扎念琴

你赠我一把琴，我还你一河的灵动。
立于岸旁，感知流水拨动琴弦的铮踪。

栖息的水鸟发出清脆鸣叫。当琴音再度响起
河谷就接纳了残秋摇撼芦苇的断章。

乌云正在纠集雷鸣和电光。
风暴啊，正如我弹拨的琴音。
雷电啊，正在为我引燃导火索的燃绳。
煮酒论琴的人，也曾煮酒论诗
大都讨论过命运的翻覆。有人借琴低吟。
一樽举起，泪水早已哗哗——落满衣襟。

太阳煮沸半江浊水。一路孑孓
有的是孤山瘦雪，有的是河谷人家。
有的是秃岭荒冈，有的是锦云橘霞。

这草又长高了几寸，羊群也早已翻山而去。
远山如黛，杂沓渐近时，雾在跌落，有琴音纷飞。

橘色的织毡，晕染开来，光一样亮堂，风一般无形。
所以抱歉，苍山之上有众神之子。
带着挥别的惊扰，怀抱小小忧伤
这迷人的音韵，正抵达中流水道，
颤栗的琴弦鸣奏风暴的汪洋。

河流在分形，新谱的琴曲，音域宽敞。
两岸山岗荆棘，以河水为镜
照见翠绿的衣，斑白的头。
水上载有潋滟波光，琴声跟不上波涛茫茫。

青稞抽穗

风吹麦浪，这是河谷最惹人喜爱的风光。
麦芒闪着银波，麦浪伏动，柔波浩荡。
青稞抽穗，丰收的年景势不可挡

农人们穿梭在金黄甬道。麦子在午后
被镰刀簇拥。一千把镰刀将一个季节收割。
人们运送青稞归仓，太阳运送四海通用的光。

牛羊从草原一直走到这个秋天
它们收拾土地上秋天的残局
它们咀嚼远景和近景。

土地平复了分娩的撕裂，秋雨
一时找不到叶状的纸巾
麻雀落在秸秆上，农人们拥有闲暇时光。
东面山尖升起朝阳，灵魂有了落脚的地方
赛马节上，欢歌，笑语，彩衣盛装
马匹，牛车，声器飞扬……

经略四季的农人，捧出美酒和好时光
大地一派黄金的成色态样。
黄昏落尽，丝织的月照见一层银霜

日玛拉山[1]

从这里展开想象，山云自有它银灰的光
一路尘风，你已经站在众山的肩膀上。
牛背上落满了雪，细看
一个微缩的日玛拉山

从这里展开想象，时间之流无逆流
心河在进退之间，借一曲漫流
内敛是山谷的伦理
而死亡是一堆薪柴的投诚。

日玛拉山像一个矩形结构，有的被唤醒
唤醒的是自由，是突破，是向前的动能。
日玛拉山是一个雪山的源代码，或者零
泥塑的神有精神与物质的形样。

你听，日玛拉山在呼唤
来吧，带着梦想，踏雪而往。
来吧，迎着风，怀抱高原的太阳。
多年后，从这里转身，你会热爱
一个飘着雪花的山坳，甚至一个不动声色的西藏。

---

① 日玛拉山是定结县最高的山，海拔6730米，全县海拔5000米以上的山峰遍布全境。

口述村史

在村口，能看见一幅村庄旧影。
一块巨石上的六字真言，镀了一层世相
几个老人的拐杖支撑着一个村庄的传奇。
他们在阳光下喃喃口述，蹲在墙角
复原许多鲜为人知的风云。

一个村庄的典故，从断壁残垣处落笔
它穿透远古记忆，锄头和犁铧无非都是道具。
兽皮上的码符，是文字的源起
一堆老物件开口说着往事。

一些牧人和老艺人
一开口就是半部村史。
当村史写成，连传说都有血有肉
就让春秋为其作序，在后记里补记
高处的云，矮处的烟。

河神

人迹罕至。那里
落下过鹰的翅膀和探险者的目光。
那里有戍边牧马和都尉屯田的旧照。
那里盘结的藤蔓像战马的笼头。

是湿地，是水绘滩涂。河流的记忆很长。
撕一页残年故纸，往事揭过不提。
山是架在门口的藩篱
河水冲走了一堆未洗的旧衣
何必等那一场虚风，往北，往西。

语言抵达的冰峰充满硬度。
问村舍古树，问水边的神啊，
直至你懂的那个眼神，递过来。

山路绕过水路，谁在月牙里养伤?
柳梢多么妩媚。
我是被河水运走的一船金阳
我是年楚河的一段，柔波。

凡有夕照归去的夜尽
必有地平线上熙攘的重曙。

那些雪，是我遗落在山岗上的盲文书信
大地像一部方志，我便是志书中一个段落。

羊群是草原上的臣子，标注出光明的坐标系。
多少浪花曾踮起脚尖，任激流召唤。这巨浪
站在自己的坟墓上，像群鸟扇灭墓碑旁的磷光。

被酥油茶浸润的时光

透过行进的车窗，把远山粗略地张望。
树木、河流、村落都向身后隐遁。
前方，天开地阔
有一只飞翔的鹰，从一个点放大至空空荡荡。
密匝的游弋的云，漏下一丝暗弱的光。
从呜咽的河里能听出多少扯动人心的力量。
月牙蹲在后半夜的西墙上。

垂柳像春姑娘的长发，飘在苛厉的风中
合眸掩卷，凭任山风怡然。

河流伴我这么多年
那些年的勇毅碾碎了不忍顾盼的艰难。
我将形象的调动，我对伟大音乐的赏赞
如水的五线谱。哦，高耸的河
你吟啸着、你摆动着巨翼向海而迁。

河谷肥壤之上，一个袈裟的背影
正走在山后石阶上

抵达一座寺庙，得用一炷香燃尽的时间。
抵达一卷经书，得用掉半生履历。

河在漫流，风在奏雅。
破冰的音域不减，而天河之上
扑来加倍的颤栗和撕咬的癫狂。
牧羊人额头的皱纹在静水里荡漾。

演绎千载乐章的河流哟，正化繁为简
流向青稞酒和酥油茶浸泡的时光。
伟大的记号是永不熄灭的神灯
我追逐水之渺音，梦之纯凉。

第五辑 无尽的思辨

与谁交换肝胆，又被谁拦住了去路远山？
那时候，哪管它沿途寂苦水静风平。
那时候，哪管它铁马冰河危困缠身。
不吝流汗也舍得流血
若说境界，也不免戚戚于怀公藏私。

——《梦也曾痉挛》

小镇，北山咖啡店

兴致所之，拐进一家咖啡店
杯具里一缕咖啡的醇香，游柔地溢出。

有时候这饮品，它能冲淡一些孤寂
或者以这样的方式，守护恬淡的生活
如常的喜悦，有多少诗意
咖啡如药，总也能喝出一份氛围。
回望中年心迹与行迹，时常踣疾步乱
缺一点优雅风姿。
脾性与气质需要时常不自觉的打理。

小镇上，都不缺
而惟独缺一个无所事事的你。

在生活的上下游，傅山抱水
有时我离神更近，有时
我和神蹲在同一面山坡
彼此无语，各怀心事。
有时，神和我互为咖啡

万物择境而归

练习一种修行方式，漫无目际地行走
兼怀，看风景。

放出目光的远，方可揽入景色的全。
远处有雪山、晴云，近处是村寨、牧场
羊群依恋草地，繁衍的是一笔大写意。
牧羊女的高音，疏放着劳动的美意。

栗色的种子，一枚是支付给大地的硬币。
望果节前后，喜看青稞长势
梗茎之上蓄积着风雨。
我已误入丰收的乡村，空旷啊！
青稞穗齐刷刷连成一片。犹如深海的波涛
浩荡不已。这是劳动赋予的神圣
写实的风景在牧场也在麦田。

太阳快要落山时候，有人爬上对面山冈
感觉爬在黄昏的梯子上。
我在更高处看风景，眼底
一抹风烟把两条河的水路，笼罩。
此刻，万物择境而归。

朝霞被水驮起

又一次穿过道貌岸然的人群。
冷雨打在白杨树叶上——秋天的副标题。
霜降已降，百花继续萎谢
除了几株衰草一丛秋菊
其余所剩无几。

我恸哭秋天，源于我对落叶的礼赞。
我赏识秋野，不为那低垂的麦穗
——只为一摞金黄诗卷。
秋霜，自有杀戮的习性
惟其如此，才显万物的斑斓。

霜花是赠予枯草的薄礼。朝霞，被水驮起。
鱼儿，正甩着各自潮湿的尾。
在这如斯的高冈，在这若枯如茵的草原
灿灿秋日点燃旷野的风。

有人面湖而座

推门而行，看白云过境。
面湖而坐，在这众神出没的地方。

风，衔着远山的鹰。
鹰，总以天云地气为羽，
扶摇时运和长空的动与静。
从湖水亮出翅膀，上升，上升，再上升。
飘动的翅，仿佛金属排列的方阵。
穷尽远山直指扶摇九天的行程
这般的恬静。

许多日子，或者饮风餐雪。
往返在山河乡井。
哪管它苍山道阻，绝壁千仞
做一个勤勉的译员，把苦难译成幸运的长短句。
守住一泓心境。

而山，最不急于表达高度

在湖之侧
摇撼的狂风堪比一千个西部歌手。
入夜的我枕山而眠邻水而卧
而山，最不急于表达高度。

枕山，原本就是枕在一域风暴上
卧于水流之岸，可以聆听一晚的波涛。
结冰的湖面上月牙被冻住，时间凝固

牦牛嚼着黑夜。夜深冷，但星星醒着
冬雪走向春雨，挡不住的决绝
枯萎是为下一次葱郁的赴约。

只有死亡才能拿到参见大海的请柬

众水相约远方
千山共戴一顶毡帽
隆冬的一幅画像，草草完成。

孤雁离群的叫声，正在逼近。
时间评点我的五冬六夏。

远方的尺素在催促，马蹄不等。
而冬雪明白
只有死亡才能拿到参见大海的请柬。

树林挤满了春风

这一片树林挤满了春风。
每一棵树上都落过翅膀。
每一片荒芜也有短时的翠绿。

往事生发出记忆的老茧。
炭火映红了陌生人的脸颊。
我想把剩余的青稞酒，慢慢饮完，然后
把几张纸币留在夜宵的座席
借着嘈杂起身，悄悄把灵魂裹走。

霓虹灯影，光线的缝隙插不进双脚
我的根深叶茂的大街小巷呀。
是梦，你就扇形地摊开。
是影子，你就跟着我来。

神话

遗址上那一方拓印，是谁丢失的权柄?
那块石刻的碑文又是谁遗落的词章?
隐去的声画，无解的神话
啊，一切困我于岁月之床的梦寐
都成了某种泛指。一杯酒映出蓝天
而蓝天深蓝，酒让人心躁动。

由来已久的旱象，渴盼的一场大雨突至
它不是虚拟的问候，而是深度的言情。
想象着卷发似的涨水，
想象着涨水的旋涡应有千层。

落入拉萨掌心的雪

今夜的拉萨坐在一场大雪中，娓娓道来。
她说，这场雪，正在丈量天地之间的距离
也在缝合大地上千孔伤口

我沿街而行，一脚踏进夜萤的丛林。
这亿万朵妖妖如仙，正落入拉萨的掌心。
一辆火车穿过空旷，穿过拉萨河
穿过午夜的八廓街，多么像路过拉萨的神。

黑暗都睡了，惟有那盏酥油灯醒着。
雪一夜未停，黑与白包围着彼此
它让夜腾不出手做一些手脚。
有翅膀落在夜色昏黄的街面
有风把寒冬引向零下十三度的纵深
有些沟壑被填平，一城雪堆砌出半城寂静。
面城而立的山峰酷似一株雪莲，沧桑地开着

洁雪附丽于草树，夜的尾声将被曙色沦陷。
一串念珠串起肥雪憨态，若童话的缤纷。

今夜的布达拉，枕雪入梦。

今夜的拉萨河，扯出一条水质的哈达。

今夜的拉萨城躲在一顶黑帐篷里，更衣。

拉鲁湿地①

它许你，便在初夏
各种鸣禽的唱法——美声、民族、通俗。
一切都敬畏自然和自然界的旷达。
它许你，也在湿地
苔藓坐在浅水处，一坐耗去许多年。

说好不羡慕耸立的曲树繁叶
密草可以借雨拿雪。
你看，草地上的流年在发芽
湿地内苔藓们像是匍匐的哨兵
无声地抵挡着迈进来的鲁莽脚步。

可以聚山雨，迎大风
可以听寺钟，沐藏香
拉鲁湿地有予人心河的一份舒放。
白杨围圉，蝶飞蜂忙
上方有寺庙风绕经轮，云绕僧舍
喧哗在南，在远处的北京中路

---

① 拉鲁湿地，是国家级自然保护区，位于西藏自治区首府拉萨市市区西北，是世界海拔较高、面积较大的城市天然湿地，每年引来大批鸟类，景色优美。被誉为拉萨的“大氧吧”，有“拉萨之肺”“天然氧吧”之称。

雪莲之恋

雪莲花正在开
一朵就是一束皎洁的月，一朵就是
一个绚烂的梦。
白如翠玉，粉黛似霞，花蕊里藏着心的密码。
她在雪中生，她在冰山舞
寒云下雪拥衣裙，阳光里样态妩媚
简约中的奢华。不可替换的清雅。

一朵雪莲，初为一茎肉质花蕾
也仿佛，一朵水质的云。静雪里异香不散。

雪线以上，一株又一株雪莲
犹如走进一隅植物博览馆。人间几度恩宠
这雪莲之恋。

苍鹰

它直抵天际的更深处。到达一定高度时
听得见雷声在翅膀下游走。
云低天暗，风撕扯翅膀
人间在更低处，安闲在更低处。

度尽盈虚的月，上下弦都浮若扁舟。
大地与乌云争夺朝阳，风继续撕扯。

一条河流更加急迫，激流随时都会冲向高岸。
明澈的山林草地自会加速翅膀生锈。
万米，更高或至高的九天才是磨砺意志的疆域。
才不会变成苍鹰的坟场。
向上是猎鹰的别名，正如圆满是残缺的开始。

那些年

任风霜纵换，任风来云往。
端起一杯新酿，先把对面的雪山灌醉
再搀扶着醉意回到月光斜倚的南窗。

楼下甜茶馆的清香，阵阵袭来。

有访客晚间推门，香烟又一次点燃
黑暗中两处微火，有诗兴涌动。
酒精焕发了闲聊的节奏，和宽度。

从来人世繁茂，也辽阔
有时沟壑难越。被诿诬后，你曾问：
这道紫外线是谁温柔的刀剑？

又想起，那些遥远的过往
周末躺在草垛上看麦茬地里的牛羊
率意地晒它一下午阳光。

说了许多没有标点符号的话。
嘴里擒住一根麦秸秆
把天空飞鸟划过的斜线，继续张望

钟表拽着我们行走

飞来飞去的柳絮，像拧干的雪花
小镇街面上漂浮着高原的暮春，和
悄悄进入这片地界的，初夏。

酒店门口人们进进出出
大堂的一面墙挂着不同地域的时间
地球不过是，不过是宇宙家族的一个小岛
在这个春声万卷的小镇
钟表拽着我们，在日子里行走。

北京、巴黎，纽约、东京
人与万物都在一个轨道里，厮混
雨后新阳晒干了被雨水打湿的柳絮，及其它。

一个拖着旅行箱去赶航班的人
瞥了一眼酒店前台上方那一排挂钟
迈出自动玻璃门时，他忽然加快了步子
之后，坐上缓缓驶上路面的车子。

尘埃一样的柳絮
受到来自遥远太阳系光泽的加持
正在磨砺翅膀，等待时机起飞
其实人也何尝不是如此。

窗外起风了

年少时把无愁当做烦忧。
中年再写理想，就有了难以言说的况味。

曾与诗神有个约定。
诗歌的家底必然仓储热血和梦。
写诗要动用灵魂的弧光，像战争动用预备队

今夜的月光星光正照着屋檐下的家常。
你听，窗外起风了。

月亮被风吹到了天上

风在吹，这风真大
这是喜马拉雅北麓的风。
当月亮被风吹到天上，
她的影子还在湖里晃动。

一处旧墟的静，被山寺的钟声敲打着。
一个时代被另一个时代的人，举目仰望。

站在这个旧墟，犹如站在昔日的大海上
虽望不见大海，却能听见长歌在风声里号泣，
却能听见从海岸边涌上来的潮汐。

犒赏

我时常怀念山林如发的青幽。
这般的千溪，托付高处深雪一场葬礼。

我分明感到，一些人贫困的思想已经衣不遮体
而撬开我精神保险柜的强盗们
正是一群如同繁星的中外大师。

湿衣还未干，而歌声已逝
让土地继续犒赏那些弯腰耕作的人们。
让智慧继续偏爱那些埋头阅读的面孔，和
静静思考的头颅。

丛草在秋分像野马的鬃毛浮动。
青稞被收割，秸秆满地，繁霜压境。

云朵是蓝天更换的时装

把世界染成黑色，夜的本相。
把夜染成白色，不仅源于一场雪。
迅疾的一道电光
把暴雨中的黑夜一笔勾销

大河将自己引向海里，从未停下来喘口气。
门外下了一夜的雪，云瓮里析出打开翅膀的水。

山脉构成峭抖的阶梯，高低各别。
云朵是蓝天更换的时装，神形万状。
雪花予与世界一种美，盛雪的大地是美的站台。

数丢了几颗星星

风撕破纸片，四月的残雪躲在阴暗处。
一撮草浅绿，丛簇里有野花几朵。
把低飞的鸟数一数
从枝桠间穿过的风，碰落的枯叶沙沙。

像一种意识流，径行于云山歧路
便道和极少的商旅是历史手绘的图鉴。
柳絮泊在水面，恰水上密集的行船。
我不再回忆往事与羁旅的它年
我只关心枝桠上那一朵将落的雪
能种出几个春天?

晨昏幻变，秋色重染天际。
应聘时光，孵出冥冥的定数。
那时汪洋过境，梦里都是兵荒马乱的心情。
所有求职不偶早已随风。
荒草浓霜，正在找人接手。
谁在大堤上数丢了静水里的几颗星星。

谁是你眼里恒定的神。

一幅抽象画立于黄昏的草垛旁

那湖深幽，初遇晨曦若一炉煨火
阳光涌来时，一焰蓝火在湖面燎原。
光在湖水里裸浴。熟透的青稞
已被多茧的双手收割。摊开来的村庄
在山坡上晾晒

瑞秋过后的枯叶，已存世不多
枝上的鸟巢不敌北风扯夺。

一雪剑意还在，而牛皮鼓蒙面的江河
从某个午后开始，冰层松动
也是在一夜之间，绿柳扶岸
无数长袖起舞的女子，与点地梅、报春花
在河谷里含笑，如春
此时此刻，倚着堤岸俯瞰
春云怯怯，流过
一团雪，正是北山掏出季节的余额。
一幅抽象画立于黄昏的草垛旁

河床

老是记得那个赤裸夏日，
死亡的蚂蚁漂流在水上。

一朵云，水的家族里水的直系近亲。
一块冰就是无数滴化了妆的水，表情透明。
把沸水唤作水，水在微笑。水狂狷而飞即为雪花
舞着衫袖，恰一头柔发的蓬松。
雨和雪都把云唤做亲娘。

一滴水，世界温情的反光物。
一滴水，一个液态的梦。
一滴水，一块冰的前世，一枚多棱镜。
雪的古老版本上，有花木的插图美。

一条河，盛满水的陶瓮。
一千滴水，于风暴的旋涡演奏风暴。
一万滴水，在风暴止息时让荒诞归置本形。
亿万滴水啊，它助力一条大河，向远

给予

我如何观察这一脉山麓，喜马拉雅
我如何能照看好它怀抱青稞如幼儿
我如何为牛羊寻得一湾丰盈的青草地
我如何在暴雪天等候四月草色，骑马而来

丢掉一提时间构成的偏见。
给恬淡日子和爱人一个结实拥抱。

月夜最是卸了妆的白昼

一枚铜钱挂在天空
试图贩卖无限空茫的夜色

月下花树不语
花是树的头饰，月夜里的树影花影
是黑白影像，是水墨尺幅。

月夜最是卸了妆的白昼

无题

是夜，鼾声起伏回荡。
他试图告诉邻居
没有声音的夜是不足谈论的。

她在梦中弄丢了西墙上一轮残月。
天亮时分，云终于拧干自己，妖冶而散
一场大雨在他的鼾声中，停止
也在她的梦幻中，完成。

但不会说多余的话

暴风雪来了，而我们却要启程远方。
哪管衣衫褴褛，直至踩痛远方。

灵魂其实是血性喂养的如初心境。
寂苦其实是可以下酒的私房菜肴。
喜其所喜，忧其所忧
怀抱方言，梳理华发丛生的闲愁。
风樯阵马，孤寂是我经略的辽远天涯。

寒冷让你怀念草原上的毡帐。
当满山的杜鹃花开成佛塔，高山会跟你说话
但不会说多余的话。
这里的民众承诺你的
像一幢建筑物从不会轻易坍塌。

重返灯红酒绿的城

雪后放晴，川原仰赖于一场雪的加持
雪中无人送碳，只送远道而来的疠风。

闻听风的奏演如此迷人。风在返程
柴可夫斯基、肖邦、莫扎特
旷世名曲伴随任然的狂风。

它把醒时月明，摇成醉时的灯。

误入雪的领地，长夜如昼
独行的狼在荒莽雪地上嚎尽绝望。
峭壁间有雪豹出没。

前有高山一座，后有草坡青秀
白头的山峰是雪海桅杆
破云而出的太阳啊，正把雪大口吞咽。

星夜兼程，我看见了肖邦和他的钢琴。
这熙载而来的如水雪梦。
夜幕下，我重返灯红酒绿的城。

当时间走到后来

肯定的语气，初恋值得铭记。
后来结婚证上的那个人如今成了前妻。

聚会多么浮夸，飘荡着荒诞的歌词。
混迹在人群中，结局是时间被时间运走。

原野能燃起人们一颗放逐的心。
记得在那个落叶的秋天
我们召集来一部分高中同学
大家席地而坐，有人无数次深情地怀念着什么
有人的目光像掠过一座纪念碑。
有人打听初三那个骑车飞越球场台阶的少年。
还有人寻找曾经躲过雨的岗亭和伞下的笑脸
最后，大家用歌曲表达着一种不舍

后来，那样的聚会渐渐少了。
后来，青春都已经远走他乡了。

时间刚刚摔袖而去

如果是土地，也将转瞬荒芜，我的时间
和时间治下的臣民，我的父老乡亲
所有的零部件都散落在原地
时间刚刚摔袖而去。

也常常望断远处烟缕。如时间
接近边缘。时间本就在裸奔。

时间如弹簧，无法原地折返。
时间不受铁器操弄。
等待时间就是谋杀时间。

当一切都归于平静。
我在时间的豁口，拒绝走上时间的岔道
哪怕内容伪装了形式，
哪怕魔术师伪装成牧羊人。

戏剧

背叛爱情的人，你带走夏荫予我深冬。
从此我固执地认为，有一张纸早已被你撕碎
就像我的士兵突然倒戈。
是蓄谋已久还是临时起意？这无关宏旨
我定然悲伤。愤恨之余想事情何以至此。

后来我也曾消沉，时常立看斜阳晚暮
此后，屋檐下已掏空和你有关的往事
包括我捕风捉影的猜测。亲密的人呀
这个词语像一部戏剧的开头，又像是结尾。

风筝

既然留不住，就放飞它
连同锁链和自由……
既然留不住，就放飞它
让它代表春天发言。

寒风中，衣襟上有滞留的霜尘
望着它上升，心也在飞。
有一种依附，但却使力挣脱手中线绳
借助风力，接近灰云向着蓝天靠拢。

既然留不住，就放飞它
让它以微妙的眩晕，升向低空的无垠。

怀抱扎念琴

看上去已不年轻。当你长到三十七岁
才开始靠弹琴糊口，但这时
你已成为一个盲人。所以命运令人唏嘘

沿着你双目明亮时走过的路，流线般的坎坷
这时候你将纵情于音乐，痴迷于喧嚣
从一个故乡去往十个他乡
你弹唱，把静寂吵醒，把黑发弹成银霜。
你的琴音里，一半是乡愁
另一半是挂在露珠上的霞光
滚落时世界正值清晨。

太阳血

谁将你点燃？更像火苗
我问天宇，每一粒与我擦肩的浮尘
谁将你点燃？
我问北山静谧的雪我问南坡急行的雨。

风暴携带着秘笈，回旋不同的音色
当丽日怀抱炸药，靠近被温差造就的冰川
大地正水流成河

在早晨与黄昏的山尖
一束光点亮无数黑暗的门。
光的表层流淌着血，殷红。

雪后的白居寺

一场雪后的白居寺，真白

一场雪后，世界的不堪都被深雪草草覆盖
而对面的宗山，在另一个高度
还是那么巍峨。

一场雪后，白居寺的僧侣放下经卷
打开僧门，扫雪
这时候有光，悄悄挤进门缝

差异

天空急雨像铅弹，击打着麻木的土地。

拂晓时刻，村落有炊烟升起
丛草深处的鸟儿们在光影中细雨莺声。
当夜灰烬，当那一扇木门轻轻开启
破晓的光就把整座庭院，淹没。

你正从乡村出发，一步步走向远方的未知
所谓城市，你必须推开许多道门。
你必须在生活的流水线上，疾步。
你必须具备在理想主义的掩体内
挖好战壕，静静埋伏。
抑或在狭窄的巷道，冲锋上一万次。
你要将生活中的噪音，权做剧场演出的乐奏。

所谓乡村，你必须具备随时能千里奔袭
练出从城市到乡村的弹跳力。
你必须走向人山人海。
你必须适应举目无亲。

这时候，你关好木门，转身
举头繁树上麻雀同音，枝头千影
梦，正接近有形。

哲古草原

远望缠绕山腰的路，像一条飘逸的河
而河却匍匐在最低处，淌出一弯流蛮的路

大小湖泊，点点
多么像文成公主赠予哲古草原的铜镜?
刮过来的风，可否带有唐朝的铜锈?
在雨中，车子缓慢驶过
岩石被雨水洗得发亮。
名叫白央的她，和她的巧舌
架起了我与牧民交流的金桥。

九月的牧人节上，他们搭起黑帐篷
她们穿上扎扎服饰，她们歌她们舞
这一群女子个个都像反穿氆氇的文成公主
剪羊毛、赛牦牛，拔河、抱石头。
有些比赛，就像世界的初始。

呼唤

我知道，那个冒着风沙栽种梧桐树的人，在兰考
我知道，那个给藏族幼童吸痰的人，在西藏
我知道，那个退休后造林种树的人，在大亮山

栽种梧桐的人名叫焦裕禄，树栽好了
他却把自己的病躯也栽种在那里。
他死后，全县数万人拥着他下葬的棺木，嚎啕大哭
那天，是阴天，却没有下雨，但在送行他的路上
泪水汇成倾盆的暴雨，久久未停。
那天，谁也没有使用铁锹
兰考百姓虔诚地双手捧着黄土掩埋了他
低矮的坟茔，高高地矗立在兰考百姓的心里。

给孩子吸痰的人名叫孔繁森。他车祸殉职
身上揣着的是他头天晚上草就的那篇
《阿里亟待解决的十二个问题》
人们从他的衣兜里掏出来八元六角人民币
再掏，再也掏不出什么
他的心里面装着的却是中国海拔最高地级行政区

——阿里地区七个县 106 个乡镇数万老百姓的民生疾苦
植树造林的人名叫杨善洲，当过云南保山地委书记
退休后，他要替子孙后代还家乡荒山一片绿茵。
后来的杨善洲，将超过 3 亿元的满目青山
——大亮山林场移交给了国家。
再后来，他长眠在了他亲手植种的华山松下。

历史书写的是真实的存在，也是他们创造的神话。
他们是物我相忘之人，他们是我亦无我之人。
我们呼唤他们的名字，我们需要千千万万个他们
我们怀念他们，我们敬仰这样的精神浩气
我们这个时代需要这样的精神，垫底。

那些绢帛，织成了自己厚厚的囚衣

想起小时候妈妈烙的每一块饼
都是月亮的造型，总也
总也舍不得吃，像欣赏一件艺术品
生怕一口下去，咬坏那个喷香的白玉盘。

如今，他每月的薪金越来越填不满
被欲望烫开的窟窿，越扯越大
梦里也在使力爬向，欲望的金字塔。

总是在太阳下把手伸向墨黑的锅底。
总是在暴风雨夜挖开堤坝。
贪婪的手伸向黄金、女人，铺成的路通向悬崖。
而一次次弄来的绢帛
最后却织成了自己厚厚的囚衣。

非虚构

风雪过境前，秋月铺地，上溯至夏雨敲窗。
家是什么？它容得了门前草木和街面喧哗。
一家人静坐谈天说地
且有走动的邻居、亲朋好友和三五同事的融洽。

家是几爿丛林一纵旷野，有鸟鸣也有疾蹄的快马。
家是黑夜里亲人点亮的一盏灯，灯下有飞蛾流萤。
相携相扶穿越灰暗，更把枯草守成满坡山花。

家的生活是抒情是非虚构，孩子喜欢大自然
喜欢数理也喜读文史。
我家坐北朝南，只需几筐牛粪，就能将一个冬天焐暖。
你的家，回荡着几代人的奇思幻梦，朗照着祖国的红霞。

姐姐你别哭

水在水中匍匐而行。
浅浅的河照出山顶陈雪。
雪之上有旗云幻变，开合
又忽见朝阳爬上北坡。

在此山此村，一爿根茎叶脉，都成了景物
白露，是青草上的霜但不是春分里的白蝴蝶。

父系的雪山，常有一个人的独白。
捧花者在病榻前说，姐姐你别哭
一张化验单碾压过她的病体。

多年以后的那座山，草色依旧
多年之后，逝者的坟茔飞过一只白蝴蝶
山岩之上，我们都是雪

遗镐

有些花草像灿然的布帛，秋叶不存

冰渍无序，思考是永不停止的撕扯。
像一场大风卷走了荒岭上的余额。

被省略的暗，终归在暗处。
路过吐蕃王散落的墓地，从车窗望过去
能望见一座城的倒叙。
山丘上的片石，可否是昔日奴隶的遗镐。
宽大的岩板，定是王者的墓碑
能想象生的轰鸣，这久远的威仪。

高耸的墓独眠，唤起我的千年意绪。
墓地不远处有大片草甸，草甸旁有连片沙丘
润滑沙漠的是一场场大风
有一滴凝露空悬于草叶，不缀
停止推理，太阳的火光能洇开亘古。

梦也曾痉挛

结庐高原，晚间有两客来访
一杯清茶，三人共话沧桑。
许久，在灯影下彼此极目把彼此凝望。

往事仍未走远，梦也曾痉挛。
想起那时，多少人投身理想奔赴极地
抄写生死记传，也细算精打柴米油盐。
也曾把盏对弈，棋盘上的残局目目历历。
畅聊人世况味，而今脾性依然

今夜星空不空，三人以茶代酒
闲来聊一聊往事，胜饮千盅。
回望那些年的曾经，邀水登山，扶风挑雨。

与谁交换肝胆，又被谁拦住了去路远山?
那时候，哪管它沿途寂苦水静风平。
那时候，哪管它铁马冰河危困缠身。
不吝流汗也舍得流血
若说境界，也不免戚戚于怀公藏私。

送走友人，夜色渐浓但久无睡意
现实在隐居……
也曾拽住了马的缰绳但拽不住时间
意绪在盘桓……

从拉萨到长沙（组诗）[①]

雨打潇湘

热流蠕动的长沙，凉风碾压暑气
芦荻花曳摇薄霜。
密云集聚时，雨打潇湘
雨点弹跳在银杏和芙蓉的翠叶上。
在车流之岸眺望，岳麓大道尽头落日苍茫。
在橘子洲头看北去的湘江，偶有白鹭
把头埋进翅膀。繁茂千载的岳麓书院
有一二寒士陪我至山林踱步。
秋风过处林中画染。
移步至贾谊故里，读尽萧瑟一片。
远望洞庭，衡阳之浦
秋风穿过人字形的雁阵，声声

更喜欢长沙疏斜的秋风

喜欢草原，白雪爬满山峰，牛羊向远

① 2023年秋，中国作家协会西藏作家班与湖南少数民族作家班同时在长沙开班，期间写有八首现代诗，这是其中的两首。

风雨让这个下午的心情略显凌乱。

我多想躺在草地上做梦、看天。

喜欢篝火守望的夜，和垂悬在长夜的繁星。

喜欢秋的写实写意，人物同然。

撕开云，扯一束月光。

千窗视野下，喜欢鸟声伴唱和生动的翠绿。

喜欢山的那一边

杜鹃妍开稻穗舞动草树枯萎，叶子流散。

更喜欢长沙疏斜的秋风，线条的雨

白莲出岫

记得那一年，在西行途中[①]
遇见过一池野生白莲
一朵又一朵，像游弋在天空的云
怀抱喜马拉雅

在水面上曳摇出清雅玉色
影子被虫子捉住。夏荫是这连碧的荷绿
白莲出岫，这般的不染纤尘
同行一位少女头饰恰好是一朵白莲
她走在莲池边，一下子就融入这万朵白莲
融进雪肌玉骨予与的，无边

一朵又一朵白莲，在浅泥青荇处露营
于柔风里蹁跹
引来鹤影、引来舟帆，这自然馈赠
是山间雪，是女儿国里浴女们纷纷出浴的，叫喊。
荷香几里，翠影偎着一颗莲子心
醉意绕雪山，荷似在人间。
多年后，我在梦中不时枕着一朵白莲，醒来

① 西藏定结县牧村。

枯萎的野花

向每一个过往者不停地招手，死后
还咧着嘴角傻笑，不时弯下骨瘦如柴的腰。
冻僵的土地她无法定居。
这株株野花，已历寒霜肃杀

她们以其枯槁的身躯，唱诵自己的挽歌。
一丛乱草伏地
谢幕的长发已不成形。

抽象的
手提箱里装满了情节
曾经有多少水土不服的爱情
送别你的那晚，一转身泪已潸然
不是当时的痛彻心扉，而是
后来的无言以对。

未曾应允的回忆

当黑暗坐在无边的子夜，我在岸边
数着流水冲不走的寒星。

远处雪岭，有藏匿的光
一柱烛灯，一束光明的因子。
我望见了你，坐在湖畔爱情里。
你像一株素朴的雪，雪的花，雪的叶
一转身，东去的大江手牵西沉的弯月

那时我们望向远山的雷阵雨，你却说
最好的爱情即使彼此相隔万里
也能闻听到，对方天空的电闪雷鸣。

春风走远，夏雨泼淋，你我深情以待
这是未曾应允的回忆。
我忆及你坐在草地上，春风似有还无。
原来你也怨恨令植物死亡的天气。
春风过处，满地残雪被新阳大口吞咽。
正如我漂泊的行程，尚无归期。

但那时的我，于最少的粮秣填充最饥渴的胃
在最冷的夜望见山头最暖的雪。
拿最平常的句子写下最刻骨的思念，对你。

谁在放火烧毁西天的晚霞?

流水冲不走这个下午的疲惫
我在河边茶饮，身后是熟悉的草原和万米高山。
风吹胸膛，他们皆为大海的遗孀

对岸的牦牛，像长在地上的黑影
又像秋日的紫青稞，一粒粒散开来。

猛然回头西望，太阳已醉酒倒下。
谁在放火烧毁西天的晚霞?

黑夜才是流星的墓地

月牙面朝东方。忽明忽暗的星星
在眼前，又都在千里之外

喜马拉雅的夜，黑的像一坨牛粪
在无边的夜里驾车而行，道旁
偶有篝火燃起，像一株光的盆栽。

这黑沉沉的夜哟，怎么看
都酷似宋代开封府那张脸谱的，威严。
下弦的月牙镶嵌在他的额头上。

流星像是星群里被丢弃的一根骨头，流星啊
浩茫天际，哪里是你的墓地？
哪里又是你重生的壤土？

一帚

月亮，潜伏在河里。河水在歌唱
月亮睁一只眼，从水里仰望自己，和苍穹

顶着月色回家的环卫工，沿河岸而行
看到月亮仰躺在河水里，多么悠闲

大约凌晨五点，她就要开始清扫街道。
像一个伏案抄写的人，拿帚抄写一座城市的洁净
无论暑热冬寒，也不问刮风下雨

行至无人区

行至无人区，总想看到一些与众不同
一群藏羚羊裹挟着风，风吹浅草。
夕阳漫过长天，恰一帧霜秋遗照。

荒土演绎幻象，山神相互对谈。

窗外，夜幕下有流星飞过
一片星河不灭的残叶。
月如荧灯，雪影垂蔓、山川婆娑。
无人区是别一种世界
陪伴着万古风，万古雪，万古山

无一

那云，起初也就三五朵
在蓝幕上合成一组图像，泥浆翻滚
劈开如海的棺木。
成风成雨……

一块石碑告诉来人，这里是一条河的源头
水鸟几近无一
离之前的想象相去甚远……
暗黑的岩石间，流水勾着头向更低处逃窜。
谦卑的，这涓涓浅水，有雪的味道。

在十一月

风吹雪香，在十一月
这让人欣喜的神鸟的羽毛
雪地上崎岖山路的人，将一双脚印，相赠
一群牦牛，是飘于山间的一朵黑色行云

在第三极，未见山鹰而欣逢狂雪
让火焰安慰我，就此感受慈悲的质地
不是所有凶涌的狂雪都能飘然于此。
不是……
不是抱持一份心愿就能遇见灵魂的信使。
不是……

风声在耳，倦意如来
过去的日子像化石。雪把天地织成一色
大块雪花弥散不去彻骨寒意
只当这雪是添加的一件外衣

雪若落英，落英纾唱而雪无声
喜马拉雅，兼济冰的内敛雪的蓬勃
和，水的柔情

后记

每年三月，西藏各地的早春，有的骑着马哒哒而来，像中部拉萨和山南。有的赶着牦牛慢悠悠地抵达，像那曲和阿里。有的捧着流水和花香的气息而来，像藏南的林芝。还有的乘着雪花翅膀飘来，像珠峰脚下的日喀则。日喀则三月的雪花，是唤醒春天的一场梦。你瞧，远处刮过来不算逼人的寒风，道路两旁、河流两岸柳丝依依，像藏族少女绿绒般长长的辫子。一切都被洁雪覆盖，仿佛世界的黑暗之前从未存在过一样，踩着厚厚的白雪，一切不如意的事情都可以被忽略、被遗忘，一切形形色色的背叛和负义都可以被原谅。一场雪，是冬天的葬礼，是即将到来的春天的那种生机，那潜藏在雪地里无比丰沛的诗意。

2023 年 3 月，春节刚过，我把全部的精力都放在整理这部诗集的初稿上，家在四川南充的妻子突然生病，我陪她去医院。医生的诊断书上写着疑似癌症，且为中晚期。那天正值中午，我拿着诊断书，双手不住地颤抖，它就像一声晴天霹雳砸在我的头顶。在家人面前我虽强颜镇静、镇定，但无论如何，还是露出了一些破绽，至少从说话的语气上就略有喑哑，这或许是每一个人在面临人生重大危机或灾难面前束手无策的一种表现吧。我在自责，对她的健康没有尽到责任的同时，也就是从那一刻起，我不断查阅大量的有关治疗癌症的信息，也不断从各种渠道了解这一疾病的前沿科学研究进展，这种方式似乎对她对我都有一种精神安慰。

一切准备就绪，手术前的那晚，她突然抱着我嚎啕大哭，哭得撕心裂肺，哭得荡气回肠，哭得全世界都停在那里，静止不动。边哭边说，说了些什么我也没有记住几句。第二天，她在镜前化了个淡妆，跟着我平静地出了门，赶往医院，迎接即将到来的手术及其治疗。这种平静的外表下，仍掩藏着暗流，谁能把她的心事一眼望穿。

人在猝不及防的重大变故面前定然是迷茫的，无力的，孱弱的。我和大多数人一样，会自然流露出某种期盼和侥幸心，希望奇迹出现。直至到医生在手术进行中会见家属，陈述病情要我签字时，我才无奈地接受了这一残酷现实。术后，我们配合医生积极理疗，她的身体一天天出现了可喜变化，定期体检各项指标结果转好。

妻子手术前后，家里所有的亲戚，七大姑八大姨都陆续来医院探望，以平辈和晚辈居多，个个脸上多少略显一副伪装轻松而本就凝重的神情。出院后全家人在一起，我时时能感觉每个人都不轻松。有时亲朋好友中有人要在酒店宴请宾朋，我们借故推脱。呼啦啦一家人都出门了，我看她略显失落的样子。后来，我再也没有看见她会为这些事扼腕叹息。

我们之间也常有争吵，都是小事。有一次在成都春熙路逛街，不知道何事，也没有激烈争吵，但都很生气，她扭头转身便走，我也没有再理会她，就这样我们从两个相反的方向，走散了。好心情也没有了，原本购物也取消了，我去往西南书城选购了几册书。大约两个多小时后，在拥挤的一路公交车上我们却相遇了，彼此对视窃笑，仿佛此前的争吵从没有发生过。我忽然意识到，多么巧合，这几分钟一辆的公交车，我们竟然还会在一辆车上相遇，也许上天原本不让我们走散。

她是一个讲究生活质感且有洁癖的人，医院的被套也没有勤换，每隔三天，我就找人来换，她说，不要给人家添太多麻烦。一段时间，家人们想方设法为她的病在营养上做调理。化疗过程中，她一头浓黑的秀发，一把一把地脱落。一天，在众人的劝说下，她迈进了一家理发店，回来时像一个寺庙尼姑，清清爽爽的一个中年妙玉。时间不紧不慢地走着。每隔 21 天，她要去医院化疗，时间三四天不等。在第七个疗程结束后，她下决心死也不去医院了。医生推荐的靶向药，她都予以一一否决，因为化疗太痛苦了。我们反复考虑后也都依了她。

她没有多少文化，对我的文学创作她知道帮不上我什么，但却不持反对意见。她总说，写作很辛苦，要不咱就别读那么厚的书，别一天到晚写稿改稿，别熬夜了，别风里雨里地去高海拔地方采风了。她在盘算着说，依你的性格，既不会取悦于人，也无法改行做其他事。你从西藏回来就在农村种点蔬菜，至少我们自己吃菜不用去市场买了。她说，你当过兵，要不参加一个培训就去上岗做个保安吧，这样我们就可以长相守了。但说归说，我还是去了西藏，她也是毫无怨言。自她生病后，我的诗歌创作即诗风有了一些微妙变化，仿佛对命运这个东西有了更深的体悟。我的诗句里或多或少会藏有一些秘密，这秘密或被别人识破，或被别人误读，这都不被视为异常。

住院、手术及后期治疗期间费用，当然要用钱来解决。尽管医保报销了可观的一部分，但一家人的时间、精力、往返医院的车费、日常用度，一下子感觉到这银行卡就像渗漏的水袋，很快就憋了下去。

我们的家底继续捉襟见肘。这个万象森罗的世界，生存就是突围。不上班自然拿不到薪资，有时候我在想只要不生病，不生大病，在家门口做点小生意，解决基本温饱足矣。我不羡慕山珍海味豪车别墅。如果说羡慕，除了青春就是健康。我喜欢旷野里的大自然，喜欢《瓦尔登湖》《我的阿勒泰》，只愿她在我的身边，好好的，只愿她在我的身边，家长里短，嬉笑怒骂。

她住院期间的一个晚上，我在黯淡的月光下赶往医院。那天，我感觉总也迈不出坚定有力的步伐，回头看了看路，忽然感觉人在走霉运的时候，连影子也不愿意跟着你往前走。

2023 年农历 9 月 16 日，在她生日的前一天，我在海拔五千米的西藏边境县出差，晚上洗浴时忽然晕倒，数日后，我返回日喀则，及时咨询了在市人民医院当科室主任的朋友，做了一次全面体检，报告出来了，有几项指标严重超标，真是雪上加霜。身体在向自己敲响了警钟，似乎一下子我感觉到自己双脚沉重如铅地走在生命的悬崖边上。苍天啊，这个时候，我警告自己：你不能倒下，也就是说，你不能生病，也生不起世间随便哪一种疾病。连着好几日，夜深城静，我的心情极度低落，我不时感到一丝莫名的绝望，但又无处倾诉，成年人的世界连精神的崩溃都是静音状态的吗？

那几晚，我想了很多，落魄和不堪仿佛最能代表那时的心境，而最终安抚理疗我精神世界的磁场，仍然是读书写作，写作成为我精神的庇护所。以写作战胜危机和恐惧，而写作风格的悄悄转变纯属人生变故的使然，由于此，这本诗集，我想献给病榻上忍受病痛折磨的我的妻子，惟愿它能带给她一丝小小的安慰。

写作中，每逢情感之河决堤之时，就是一首诗作成形之日。回想我生命中最旺盛的 20 年，是在珠峰脚下的日喀则度过的。行路宛如行文。这期间，写过很多废稿，它算是我对苦难的一种吞咽方式，不断向上的铺路石。我曾告诫自己，写一首诗，它应以最大的缺省直接击中语言的要害而完成。而读一首诗，要看它有没有一句使你眼前豁然一亮或者戳痛你神经的句子。我写诗，总希望像厨师一样烹饪出一道有嚼劲的佳肴，总是尽力避免把流云写成流水和流水账。实际上，创作中我不刻意追求意象而索性让它自然生成，这或因应了苏东坡人生的最后那句“着力即差”。也就是说诗句到则意到，意到则神存。

在西藏的最初几年，每逢下乡揽工作业，我们会在路上停下来休息，大家就会烧一堆火，埋上一些自带的土豆，那是唤醒童年的味道。那时候，妻子一年来一次西藏，在初春，我们去藏寨参观水磨糌粑，买回一小袋品尝。那年暮春，我们在拉萨河畔放飞柳絮。我们在油菜花开的时节，牵手野外，尽情呼吸自然气息。在炎夏，我们去泡温泉。在雨后，我们去听雅鲁藏布江激越的涛声。在金秋八月，我们去看珠峰文化旅游节文艺晚会。

我们在茁长的青稞地里拍照……

我记得第一次她来西藏，我们是一起坐硬卧进来的，坐在火车上看青海湖，看羌塘草原上的牛羊，看念青唐古拉山的流云和常住雪，看近处一群群迁徙的藏羚羊。她极喜含有藏文化元素的服饰，披肩、羊毛围裙和邦典，既像饰品又可御寒。记得有一天她从幼儿园一位老师那里借来藏装，让我给她拍照，至今家里还挂着那张她立于寺庙门旁的藏装照，一个清秀妩媚的藏家女子模样。一切的一切，都仿如昨天。此刻，所有平淡日子都变成了故事，曾经租房的住处也成了我们腾挪生命的遗址，那些生活的点点滴滴，终将奔行在我生命的诗行。

有人说，诗歌承载的社会生活是有限的，我喜欢这样的有限。还有人说，诗歌既要看到普通人的不易和艰辛，又要注入家国情怀，我想，一个写诗的人起码也应有这样的精神境界。

窗外柳絮婆娑，河面上凿冰取水的人已经不见了踪影。我不能歇息，我必须给诗歌的炉膛里再填一把薪柴，用当下流行语说出来就是，在这个不确定的世界里做最确定的自己，为梦想而坚持。感谢给了这部诗集得以面世的自治区评审专家们的慧眼青睐，感谢西藏人民出版社，感谢责任编辑黄霞伏案辛勤编校，感谢生活，感谢那些孤独和沉默时光，感谢西藏这片雄浑广袤的土地。是为后记。

2024 年 3 月 24 日于西藏日喀则